AF208573

AA. VV

Dos ruedas por el campo

III Certamen Literario Mundo Rural 2025

Se ha escrito un libro

AA. VV

Dos ruedas por el campo

III Certamen Literario Mundo Rural 2025

Se ha escrito un libro

No se permite la reproducción total o parcial de esta obra, ni su incorporación a un sistema informático, ni su transmisión en cualquier forma o por cualquier medio (electrónico, mecánico, fotocopia, grabación u otros) sin autorización previa y por escrito de los titulares del copyright. La infracción de dichos derechos puede constituir un delito contra la propiedad intelectual.

© AA. VV, 2025

Editorial: BoD · Books on Demand, Calle de Manzanares, 4, 28005 Madrid, bod@bod.com.es
Impresión: Libri Plureos GmbH, Friedensallee 273, 22763 Hamburg (Alemania)

ISBN: 978-84-1092-110-8

La vida no se trata de esperar a que pase la tormenta: ¡se trata de aprender a andar bajo la lluvia!

Anónimo

El optimismo es la fe que conduce al logro; nada puede hacerse sin esperanza y confianza

Helen Keller

El secreto de la felicidad no es hacer siempre lo que se quiere, sino querer siempre lo que se hace.

León Tolstói

Índice

Nota de la Asociación

Hoy en día, el mundo rural está lleno de historias. Aquí hemos querido darle una vuelta de tuerca, incluyendo un factor clave en el campo, como han sido las motocicletas.

Las posibilidades infinitas del ávido escritor, han creado una antología llena de pasión, que une antaño con ahora, en un bonito paisaje rural.

Te atreves a dejarte guiar por una vieja Bultaco y perderte por parajes espectaculares...

Las mejores decisiones de la vida vienen del corazón.

Prólogo

Cuando oigo motocicletas y mundo rural, no puedo evitar que acudan a mi mente algunas imágenes de mi niñez. Ese pueblecito de tan solo unos pocos habitantes, alzado majestuoso en las altas y frías montañas de la Sierra de Albarracín, mecido entre nieves y entre sol, y regado por las cristalinas aguas de sus innumerables fuentes. El enorme caserón de amplios muros y paredes jalbegadas que presidía, junto a la casa consistorial, una plaza mayor que había vivido tiempos mejores. Y aquel cuarto, situado frente a la entrada principal, en el que una Sanglas 400 descansaba de sus trayectos diarios por las destartaladas carreteras de la comarca.

Vista desde la perspectiva de un niño de corta edad, parecía una máquina enorme, y me producía una atracción y un magnetismo difíciles de combatir. Pertenecía a mi tío, el sacerdote del pueblo, y la utilizaba para desplazarse a las poblaciones vecinas, de las que también era párroco. Nunca estaba especialmente limpia, la pavimentación de las calzadas de finales de los años 60 dejaba mucho que desear, y las dos carteras de piel que colgaban en la parte posterior, a lado y lado de la rueda trasera, acostumbraban a encontrarse salpicadas de barro.

Yo me subía como podía al sillín, siempre con el peligro de que en cualquier momento el caballete cediera, y me colocaba aquel casco, que en la cabeza del cura a duras penas conseguía protegerle más abajo de las orejas, y que en la mía prácticamente me tapaba hasta los ojos. Y qué decir de las gafas de cristales poliédricos que descansaban en su frontal, y que tras muchos esfuerzos conseguía colocarme, estirando con la poca fuerza que poseía, de la cinta elástica que la sujetaba. Con ellas apenas era capaz de distinguir algo, pero me sentía tan importante...

Y ahí estaba yo, agazapado sobre el manillar, simulando que la conducía por carreteras lejanas, dejando volar mi imaginación como tan solo los niños son capaces de lograr.

Con toda seguridad no soy el único al que esa combinación de palabras es capaz de inspirar, evocar o conseguir sacar a la luz infinidad de historias. De amor, de lucha, de fracasos, de desencuentros, de felicidad. Ambientadas en los más diversos lugares y con las más variadas tramas, pero todas ellas convergiendo a un punto en común: el mundo rural y la motocicleta.

Así que no me corresponde a mí si no a los autores de estos relatos el trabajo de transportarnos, de hacernos sentir, de emocionarnos, y de pasearnos por otras vidas que a buen seguro nunca conoceríamos si no fuera por su voluntad de contárnoslas. De ellos es el protagonismo, y a ellos deberemos el placer que sin ninguna duda nos va a proporcionar la lectura de sus textos.

Pero hasta llegar ahí hacen falta muchas complicidades. Mi más sincera felicitación a la *Asociación Se ha escrito un libro,* que con su esfuerzo y dedicación ha sido capaz de sacar adelante un proyecto tan ilusionante que este año cumple su tercera edición, acompañada de la generosa ayuda y colaboración de la *Editorial La Mala Suerte* y la *Revista Literaria El Gato Negro*.

No es fácil darle forma a una iniciativa de estas características, así que mi enhorabuena a todos aquellos que la han hecho posible.

Y, por último, tan solo me queda animaros a que leáis los relatos aquí recopilados, entre ellos los ganadores del certamen. Alentaros a que os dejéis llevar por las historias que hay detrás de cada uno de ellos y que seáis capaces de disfrutar de sus personajes, de sus escenarios, y de todas las sensaciones que indudablemente os van a despertar.

Larga vida a la cultura en general y a la literatura en particular, y por extensión a todos aquellos que la hacen posible: escritores, lectores, editoriales, librerías y promotores, porque un pueblo que no lee es un pueblo condenado a su extinción.

Pedro Hache

Más que dos ruedas

— Zayra Abascal Mújica, Cantabria—

En un rincón polvoriento de Castilla, donde el campo se extiende hasta perderse en un horizonte que parece devorar al cielo, vivía Jesús, un niño de apenas diez años. Era un pueblo diminuto, con calles estrechas y casas encaladas, donde la vida se medía en estaciones: la siembra, la cosecha, el calor abrasador del verano y el crudo invierno que congelaba hasta los huesos. Allí no había secretos que no se susurraran y se expandieran como el viento entre las eras.

Jesús vivía con su padre, Eusebio, en una casa vieja pero robusta, construida por las manos de los abuelos que ya descansaban bajo las encinas del cementerio. Eusebio era un hombre curtido por el sol, con las manos ásperas de tanto labrar la tierra y el corazón aún más endurecido desde que la muerte de su esposa le había dejado un vacío que ni el trabajo ni el tiempo habían podido llenar.

Desde entonces, el tractor, un Massey Ferguson rojo desvaído, se había convertido en algo más que una herramienta: era el símbolo de su esfuerzo, el único legado que podía mostrar con orgullo.

Jesús adoraba aquel tractor. Cuando era pequeño, su padre le sentaba sobre sus rodillas y le dejaba sujetar el volante mientras recorrían los surcos recién trazados. "Algún día será tuyo", le decía Eusebio con una sonrisa fugaz, mientras el motor ronroneaba y el polvo les envolvía. Jesús se imaginaba mayor, conduciéndolo por los campos, haciendo que la tierra le obedeciera como lo hacía con su padre. Pero los sueños de los niños a menudo chocan con la realidad, y la suya estaba a punto de derrumbarse.

El principio del fin llegó un verano en el que la sequía castigó los pastos, y la poca agua que quedaba parecía evaporarse antes de tocar el suelo. El ganado, ya débil, comenzó a caer enfermo. "Brucelosis", dijeron los del pueblo cuando Eusebio llevó al veterinario una vaca que apenas podía sostenerse. La enfermedad se propagó como un incendio, y en cuestión de semanas, la mitad del ganado estaba muerta. Para alguien que vivía de lo que daba el campo, aquello era un desastre. Peor aún, Eusebio, en su orgullo y confianza, no había asegurado a los animales. "Nunca había hecho falta", solía decir, y ahora esa decisión lo perseguía.

—Papá, ¿qué vamos a hacer? —preguntó Jesús una noche mientras cenaban una sopa aguada que su padre le había preparado.

Eusebio no respondió de inmediato. Tenía la mirada clavada en el plato, como si la respuesta estuviera en el fondo. Finalmente levantó la cabeza y le revolvió el cabello a su hijo.

—Saldremos adelante, como siempre —dijo, pero sus ojos no mostraban la misma confianza que sus palabras.

Unos días después, Eusebio tomó una decisión que le pesaría en el alma. Bajó al taller de herramientas y limpió el tractor como si estuviera preparando a un hijo para un viaje largo. Revisó el motor, ajustó las ruedas y limpió hasta el último resto de barro. Al día siguiente, se presentó en la plaza del pueblo y lo ofreció en venta.

Los rumores no tardaron en extenderse. Los hombres del bar lo comentaban mientras apuraban sus cañas, y las mujeres lo susurraban mientras colgaban la ropa en los tendederos. "Eusebio vende el tractor. ¿Lo habrá perdido todo?", decían unos. Otros se burlaban abiertamente. "Se lo voy a comprar por dos duros", soltó un vecino con una carcajada. Y así fue. Al final, lo vendió por un precio que apenas reflejaba su valor, porque el hambre no entiende de orgullo, y Eusebio necesitaba alimentar a sus hijos.

Cuando el tractor fue remolcado por el nuevo dueño, Jesús lo observó desde la ventana. Sus ojos se llenaron de lágrimas, pero no dejó que cayeran. Sabía que su padre estaba luchando por ellos, aunque esa lucha les arrancara cosas que amaban. Sin embargo, no podía evitar sentir un vacío, como si una parte de su familia se hubiera marchado con aquel viejo Massey Ferguson.

Los días que siguieron fueron aún más difíciles. Eusebio salía al campo a pie, con el arado sobre los hombros, como en los tiempos de su abuelo. Trabajaba desde el amanecer hasta bien entrada la noche, mientras Jesús lo ayudaba como podía, llevando agua o simplemente acompañándole en silencio. Los vecinos seguían hablando, pero Eusebio caminaba con la cabeza alta, sin responder a las burlas. Él sabía que su deber era más grande que su orgullo.

Una tarde, mientras Jesús ayudaba a su padre a sembrar, se detuvo y le miró con seriedad.

—Papá, cuando sea mayor, te prometo que compraré otro tractor. Uno mejor, uno que nadie pueda quitarnos.

Eusebio sonrió, aunque sus ojos reflejaban una tristeza que Jesús aún no podía entender del todo.

—No necesitas prometerme nada, hijo. Solo sigue siendo el buen chico que eres. Eso es suficiente para mí.

Eusebio, después de vender el tractor que tanto había significado para él y su familia, usó el escaso dinero que obtuvo para comprar lo único que su ajustado presupuesto le permitía: una vieja Montesa Impala de los años 70. La motocicleta, olvidada en un rincón de la tienda de un mecánico del pueblo, llevaba meses acumulando polvo. Nadie quería aquella máquina con la pintura deslucida, el asiento desgastado y un motor que necesitaba más cariño que combustible para funcionar. El mecánico, un hombre robusto de carácter afable, le dijo entre risas:

—Eusebio, te llevas un trozo de chatarra, pero si le das maña, tal vez te aguante un tiempo.

Eusebio no se inmutó. Para él, aquella Montesa Impala no era un simple montón de hierro viejo; era la oportunidad de mantener a su familia a flote. La moto no era un tractor ni podía arar la tierra, pero con ella podía hacer pequeños repartos para las tiendas del pueblo y los encargos de comida que comenzaban a popularizarse. La recogió con serenidad, montó en ella mientras probaba el rugido ronco del motor, y se llevó a casa algo más que una máquina destartalada: una nueva esperanza.

Cuando llegó al patio de su casa con la moto, Jesús corrió a verla. Sus ojos se abrieron de par en par al contemplarla, no porque fuera impresionante, sino porque nunca había visto algo así tan de cerca. Aunque estaba oxidada y cojeaba un poco, para él era una maravilla mecánica. Eusebio, con una leve sonrisa, bajó de la moto y le revolvió el cabello.

—Jesús, ¿te gusta? —le preguntó, mientras se inclinaba para inspeccionar el motor.

—¡Es un poco fea, papá, pero me gusta! —contestó el niño, con la honestidad propia de su edad.

Eusebio soltó una carcajada y le guiñó un ojo.—Pues será nuestra joya. La vamos a arreglar juntos, y te voy a enseñar cómo funciona.

Así, la vieja Montesa Impala se convirtió en un proyecto compartido entre padre e hijo. Por las tardes, después de las labores del día, Eusebio y Jesús se sentaban en el patio con herramientas en mano. Eusebio desmontaba el motor mientras explicaba cada pieza y su función. Jesús escuchaba con atención, maravillado por cómo su padre parecía insuflar vida a aquel amasijo de hierro. Entre risas y manchas de grasa, pintaron juntos el chasis de un azul metálico que contrastaba con el negro desgastado del asiento. Cada tornillo ajustado y cada capa de pintura aplicada fortalecían no solo la moto, sino también el vínculo entre ellos.

Aunque el pueblo murmuraba. Había vecinos que se reían al ver a Eusebio pasar con su Montesa, cargando pequeñas cajas o paquetes para los comercios. Aquellos que aún conservaban tractores nuevos y rebaños prósperos decían entre dientes:

—Mira al Eusebio, de tractorista a recadero.

Pero Eusebio nunca perdió la calma. Agradecía a la moto la posibilidad de seguir trayendo comida a la mesa, por modesta que fuera. Para él, no importaba el qué dirán, sino el sustento de su hijo. Y poco a poco, la moto comenzó a ocupar un lugar especial en su vida, porque no solo le daba trabajo, sino también una inesperada alegría.

Un día, mientras hacía un reparto al supermercado del pueblo, Eusebio conoció a Rocío, la cajera. Era una mujer sencilla, de sonrisa cálida, que había enviudado hacía años y vivía con su madre al otro lado del pueblo. Como Eusebio tenía que pasar cerca de su casa al hacer los repartos, comenzó a ofrecerle llevarla en la moto. Al principio, Rocío aceptaba con cierta timidez, pero con el tiempo empezó a esperarle con alegría. El sonido inconfundible de la Montesa era la señal de que Eusebio llegaba.

En cada viaje compartido, las risas y las conversaciones comenzaron a llenar el aire. Jesús, quien observaba desde la distancia, empezó a notar algo diferente en su padre. Había una luz en sus ojos que hacía tiempo no veía, un gesto de entusiasmo que se encendía cada vez que Rocío estaba cerca. Jesús no dijo nada, pero en el fondo estaba feliz de que aquella vieja moto estuviera trayendo algo más que comida a su casa: traía amor.

Con el tiempo, la Montesa Impala se volvió imprescindible. Jesús la veía como algo mágico, un objeto humilde pero lleno de significado. No era un tractor imponente, pero había cambiado sus vidas. Había enseñado a Jesús los secretos de la mecánica, le había dado a Eusebio un sustento, y había unido dos corazones solitarios que encontraron en los viajes sobre aquella moto la chispa de una nueva oportunidad.

Aunque seguían las dificultades, Eusebio y Jesús nunca dejaron de valorar aquel pedazo de hierro que otros despreciaron. Porque, a fin de cuentas, la Montesa Impala no era solo una moto; era el símbolo de una familia que, pese a las adversidades, seguía avanzando, con esfuerzo, esperanza y amor.

Era una calurosa tarde de verano cuando Eusebio, con el sudor resbalando por su frente y la Montesa Impala rugiendo bajo él, hacía uno de sus habituales recados. Había tomado un atajo por un camino de tierra en las afueras del pueblo, una vía que pocos utilizaban debido a su mal estado. Sin embargo, para Eusebio, aquel camino era un ahorro de tiempo y gasolina, dos recursos que valoraba más que nunca.

Mientras avanzaba por el sendero, algo fuera de lo común llamó su atención. A un lado del camino, en un pequeño claro rodeado de árboles, un hombre desconocido, vestido con ropas sencillas pero cuidadas, estaba concentrado en fotografiar los pájaros que revoloteaban entre las ramas. Llevaba consigo una cámara que parecía cara, un contraste curioso en aquel entorno rural. Eusebio pensó en saludar, pero el hombre no notó su presencia, tan absorto estaba en su tarea. Decidió seguir su camino, sin darle mayor importancia.

Al cabo de un par de horas, mientras regresaba por el mismo camino tras completar sus recados, Eusebio notó algo extraño. El hombre ya no estaba de pie ni sosteniendo su cámara. Estaba desplomado en el suelo, su cuerpo inerte bajo el sol abrasador. El corazón de Eusebio se aceleró al ver la escena. Frenó bruscamente la moto, saltó de ella y corrió hacia el hombre.

—¡Señor! ¡Señor! —gritó, sacudiéndolo ligeramente, pero el hombre no respondía. Su rostro estaba pálido y sudaba abundantemente.

Eusebio se percató de que el hombre respiraba con dificultad. "Esto es grave", pensó.

En esa zona, perdida entre campos y árboles, no había cobertura para llamar a emergencias ni vecinos a los que acudir. Eusebio sabía que estaba solo y que cada segundo contaba. Sin pensarlo dos veces, colocó al hombre en una posición más cómoda, cubriéndolo con su chaqueta para protegerlo del sol. Luego, montó en su Montesa Impala y salió disparado hacia el pueblo.

La moto rugía como nunca mientras Eusebio pedaleaba y aceleraba con fuerza. Al llegar al centro del pueblo, se detuvo frente a la casa del médico, un hombre mayor llamado don Ricardo, conocido por atender a los vecinos sin importar la hora ni el lugar. Eusebio golpeó con fuerza la puerta.

—¡Don Ricardo, rápido, por favor! Hay un hombre desmayado en el camino del atajo. Parece grave, ¡venga conmigo!

Don Ricardo, acostumbrado a las urgencias, tomó su maletín sin hacer preguntas. Subió a su viejo coche mientras Eusebio lo guiaba con la moto, abriendo camino por el estrecho sendero hasta el lugar donde el hombre seguía tendido.

Al llegar, don Ricardo se apresuró a examinar al desconocido. Eusebio observaba desde un lado, conteniendo la respiración, esperando lo peor. El médico frunció el ceño mientras tomaba el pulso del hombre y revisaba su estado.

—Está teniendo un infarto. Necesitamos llevarlo al hospital inmediatamente —dijo con voz firme.

Entre los dos, cargaron al hombre al coche de don Ricardo. Eusebio, en su moto, volvió a abrir camino, liderando el trayecto hacia el hospital más cercano. En cada curva y cada bache del camino, Eusebio aceleraba un poco más, sintiendo que llevaba sobre sus hombros la responsabilidad de salvar una vida.

Cuando llegaron al hospital, el personal médico los recibió con rapidez. El hombre fue ingresado de inmediato y, tras ser estabilizado, los doctores confirmaron lo que don Ricardo había sospechado: había sufrido un infarto. Sin embargo, gracias a la intervención de Eusebio y la velocidad con la que lo habían llevado al hospital, su vida se había salvado.

Eusebio, todavía con el corazón latiendo con fuerza, se quedó en el pasillo del hospital. Don Ricardo, con una mano en su hombro, le dijo:

—Has hecho algo increíble hoy, Eusebio. Si no hubieras estado allí, este hombre no lo habría contado.

Eusebio solo asintió, mirando la Montesa Impala estacionada a lo lejos desde la ventana del hospital. Aquella moto, despreciada por muchos, se había convertido no solo en el sustento de su familia, sino en un medio para salvar una vida. Acarició su asiento desgastado al regresar a ella, sintiendo un agradecimiento profundo hacia aquella máquina humilde pero imprescindible. En el regreso al pueblo, con el viento cálido en su rostro, no pudo evitar sonreír.

El día en que el hombre al que había salvado apareció frente a la casa de Eusebio, el sol brillaba con fuerza, y el sonido de pasos firmes sobre el sendero hizo que Eusebio alzara la vista desde el patio donde estaba reparando un viejo rastrillo. Reconoció de inmediato al hombre, aunque parecía más fuerte y saludable que la última vez que lo había visto. Con una sonrisa agradecida, el hombre estrechó la mano de Eusebio, sosteniéndola con fuerza.

—Usted me salvó la vida aquel día, y jamás lo olvidaré. No sé cómo agradecerle... Pero quiero hacerle una propuesta.

Eusebio frunció el ceño, intrigado. El hombre señaló la moto estacionada cerca de la casa, la Montesa Impala que tantos caminos había recorrido con él y que había sido el puente entre su vida y la de su hijo Jesús.

—Esa moto… La tengo grabada en mi memoria. Recuerdo el sonido de su motor mientras venía por mí en aquel campo. Quiero comprarla, no como una simple moto, sino como un recuerdo de ese día que cambió mi vida.

Eusebio se quedó mudo. Acarició el asiento gastado de la moto y sintió un nudo en la garganta. Aquella máquina, aunque vieja y maltratada, había sido mucho más que un medio de transporte. Había sido su salvación cuando tuvo que vender su tractor, su herramienta para trabajar, y un refugio para acercarse a Jesús después de perder a su esposa. Era más que una moto; era una extensión de su vida y de su amor por su familia.

—No sé si puedo —murmuró, casi en un susurro, mientras el hombre sacaba un cheque del bolsillo de su chaqueta.

—Lo entiendo, pero déjeme compensarle de alguna manera. Mire, con este cheque puede comprarse un tractor nuevo, algo que lo ayude a retomar su vida. Y yo prometo que cuidaré esta moto como el símbolo que es: una salvadora de vidas.

Eusebio tomó el cheque con manos temblorosas y, al ver la cifra, no pudo contener las lágrimas. Con ese dinero, no solo podría comprar un tractor, sino también estabilizarse de nuevo y ofrecerle a Jesús un futuro mejor. Con el corazón dividido, extendió la mano y entregó la llave de la Montesa al hombre, que se despidió con una última mirada agradecida y se marchó con la moto rugiendo por el camino.

Meses después, Eusebio ya trabajaba en el campo con su flamante tractor nuevo, un vehículo que le devolvió la dignidad perdida y las risas de su hijo. Sin embargo, un día, mientras ajustaba la maquinaria, escuchó un sonido familiar: el motor de su vieja Montesa. Corrió al camino y vio al hombre regresar sobre la moto, pero algo había cambiado. Estaba impecable, restaurada como nueva, con la pintura brillante y una serigrafía en el lateral que decía: «Esta moto salva vidas».

Eusebio no podía creer lo que veía. El hombre desmontó, le entregó las llaves y le dijo:

—Quiero que esta moto quede aquí, en su familia. Yo solo la he cuidado como merece, pero es parte de ustedes. Mi forma de agradecerles es devolverla para que siga formando parte de su historia.

Eusebio, emocionado, subió a la moto. Sin pensarlo, condujo directo al supermercado del pueblo, donde trabajaba Rocío, la cajera que se había convertido en su amiga y confidente en los últimos meses. Frenó frente a ella, y, desde el asiento de la moto, le extendió la mano.

—Rocío, ¿te casarías conmigo?

El pueblo entero fue testigo de aquella propuesta, y el día de la boda, la *Montesa Impala* fue el centro de atención. Decorada con flores, se convirtió en la invitada de honor, un símbolo de lucha, amor y renacimiento. Fue testigo de los votos de Eusebio y Rocío, del abrazo de Jesús y de las sonrisas de todos los vecinos.

Con los años, Jesús, que había pasado su infancia aprendiendo mecánica junto a su padre, abrió el primer taller y tienda de motos del pueblo. *La Montesa*, restaurada y con su lema grabado, quedó exhibida en el escaparate, como una reliquia que contaba la historia de una familia que nunca dejó de luchar y de un vehículo que, aunque modesto, cambió vidas para siempre.

En el mundo rural, donde los caminos son largos y las dificultades aún más, las motocicletas no solo son vehículos: son aliadas de la vida, guardianas de historias y el motor que impulsa sueños cuando todo parece perdido.

Soy *Zayra Abascal*, una santanderina que siente pasión por las letras, aunque trabajo día a día con los números. Siempre me atrajeron los cuentos, las letras, la creación y los poemas desde pequeña.

Cuando tenía 7 años cree mi primera historia llamada *El pueblo sin luz* la cual trataba de las emociones que los habitantes de una villa vivían y sentían al ver como el tendido eléctrico llegaba hasta sus hogares.

Con el paso de los años, iba participando en concursos escolares, populares y seguía creciendo mi curiosidad por este mundo. Escribir me servía para ordenar mis sentimientos y conectar con mis emociones. En el instituto gané varios premios de poesía y relato, lo que me animó a seguir probando suerte y seguir participando en el mundo literario. Con 16 años escribí mi primera novela llamada *Luz en la Oscuridad* cuyos protagonistas, aquejados de glaucoma, viven su primer amor juvenil en la ciudad de Santander.

Comencé la carrera de derecho y en esta época apenas volví a escribir. Recuerdo que guardé todas mis creaciones en una carpeta azul en un cajón de mi habitación y allí quedaron olvidadas por varios años.

Más de diez años después, y tras ser madre, en los pequeños ratos que tenía, volvía a escribir, a sentir de nuevo la pasión por plasmar mis vivencias. Volví a jugar con las palabras y volví a dejar que mi sensibilidad brotara y fluyera a través de la tinta.

De nuevo, una historia con temática rural me devolvió las ganas por escribir. Lo titulé *La teta de la vida*. La presenté al concurso Osmundo Bilbao con la sorpresa de resultar ganadora.

Y como la casualidad no existe, sino la causalidad, de nuevo llegó a mí mi antigua carpeta azul con todas mis creaciones de épocas pasadas. Entonces sentí la necesidad de unirlo todo y crear el libro *Palabra de Unicornia.* Una mezcla de antiguos poemas y microrrelatos con nuevos escritos con temáticas como la maternidad, el miedo, la superación y la vida, aderezado con un poco de magia.

Creo que desde 2018 no he parado de escribir, sentir, formarme y, sobre todo, disfrutar cuando mi corazón late al ritmo de las letras.

Recientemente, he ganado el primer premio en *el* Concurso de Poesía de Bezana, también el primer premio del certamen Epitafios de Monturque y el tercer premio del concurso de poesía Emilio

Gran. He tenido varias menciones de honor y publicaciones de relatos en libros. En estos momentos, estoy muy feliz de recibir el primer premio del III Certamen Literario Mundo Rural 2025 'Se ha escrito un libro'.

En este último tiempo, he publicado más de 10 libros, muchos de ellos cuentos infantiles que tratan sobre la gestión emocional, tres libros solidarios para ayudar a familias a difundir su mensaje y mi última novela *Días de Sur*. También colaboro con revistas digitales donde publico artículos de actualidad.

Escribo cuando siento la inspiración, cuando quiero dar voz a historias con corazón, cuando quiero mostrarle al mundo un trocito de mi alma o cuando, simplemente, quiero disfrutar creando. No hay mayor reto que un folio en blanco. Siempre sigo el lema: «Si lo crees lo creas». Por lo tanto, primero tengo que creer en lo que quiero dejar escapar de mi interior para que, una vez que toque el papel, surja la magia y el lector pueda sentir la emoción que envuelve mis relatos.

No sé lo que me deparará el futuro, pero seguro que las letras seguirán acompañándome y brindándome momentos felices. Escribir seguirá siendo una parte fundamental de mí y de mi familia.

Espero y deseo que las letras sean como esas baldosas amarillas que llevaron a Dorothy hacia el lugar donde soñó llegar.

El último viaje

— Antonio Arteaga, Toledo —

El motor de la vieja *Triumph Bonneville* rugía con cadencia suave, como un corazón cansado que, sin embargo, aún latía. Héctor Olmedo la tenía aparcada junto a la puerta de la casa, con los rayos del sol de la tarde pintando reflejos sobre el depósito cromado. Se quedó allí, apoyado en la barandilla del porche, mirando aquella moto como si fuese una reliquia sagrada, un altar que guardaba no solo kilómetros recorridos, sino una vida entera. Para Héctor no era solo una máquina. Era un símbolo. Su historia, la de Teresa, y todo lo que habían vivido juntos.

El viento soplaba suave entre los olivos, haciendo susurrar las hojas. Aquella tarde, Héctor se sintió más viejo que nunca. Sus manos callosas de agricultor, acostumbradas al arado y al sudor, temblaban ligeramente mientras acariciaba el respaldo de la silla vacía en el porche. Esa silla había sido de Teresa. Ahora, solo quedaban él, y la moto.

Hacía más de cuarenta años que la había conocido. Teresa, con su pelo negro como la noche y una risa que era capaz de llenar de vida cualquier silencio, llegó al pueblo como un soplo de aire fresco. Héctor era un joven tímido y tosco, con más confianza en las máquinas que en las personas, pero algo en aquella muchacha lo hizo querer cambiar. Fue en la feria de San Mateo, en medio del bullicio y los acordes de una orquesta improvisada, donde la vio por primera vez. Ella bailaba descalza sobre el polvo, mientras los farolillos iluminaban sus mejillas encendidas.

—¿Esa es tu moto? —le preguntó ella una noche, al verle ajustar la cadena de su Triumph bajo la luz de la luna.

Héctor, sorprendido de que le hablara, solo asintió, tragándose las palabras que se le atoraban en la garganta. Teresa no necesitaba más. Se subió a la moto como si siempre hubiera sido suya y miró a Héctor con una sonrisa.

—¿A qué esperas? Llévame lejos.

Y lo hizo. Desde entonces, Teresa y la moto se convirtieron en el centro de su mundo. Cada escapada a la playa, cada ruta por los caminos rurales, cada amanecer visto desde el asiento trasero, se grabaron en la memoria de Héctor como fotografías eternas. Teresa era todo lo que él no se atrevía a ser: audaz, libre, incontenible. Y juntos, encontraron en la moto una extensión de su amor, una máquina que les daba alas cuando las raíces de su pequeño pueblo parecían querer atraparlos.

Con el tiempo, se casaron, compraron un pequeño terreno a las afueras y construyeron su vida entre los surcos de los campos de trigo y los olivares. Teresa dejó de bailar tan a menudo, pero nunca perdió su risa. Y, aunque las responsabilidades del campo les alejaron de los largos viajes en moto, la Triumph siempre estuvo allí, guardada en el cobertizo, esperando el próximo arranque.

Los años pasaron con la rapidez de un suspiro. Los hijos llegaron, y después se marcharon. El mundo cambió a su alrededor, pero, para Héctor, solo había dos constantes: los surcos del campo y la presencia de Teresa. Hasta el día en que ella no despertó.

Fue un golpe seco, como un rayo que parte un árbol en mitad de la noche. Héctor nunca había considerado la posibilidad de un mundo sin Teresa. Ella era el centro de su universo, la razón de sus amaneceres. Y ahora, sin previo aviso, se había ido, dejando un vacío que ni los campos, ni el trabajo, ni el tiempo parecían capaces de llenar.

La vida continuó de manera absurda. Los vecinos ofrecieron condolencias, los hijos vinieron y luego se marcharon de nuevo. Pero Héctor se quedó solo con su duelo y su Triumph, la única compañera que parecía entender su dolor. Fue entonces cuando tomó una decisión: haría un último viaje.

No sería un simple paseo. Era una peregrinación. El recorrido de sus vidas, desde la playa donde había besado a Teresa por primera vez, pasando por los miradores donde vieron tantos atardeceres, hasta el bosque donde plantaron un árbol el día que nació su primer hijo. Cada lugar era un capítulo de su historia, y Héctor quería recorrerlo todo, una vez más, con Teresa en su memoria.

El primer destino fue la playa. Allí, bajo un cielo cubierto de nubes, Héctor se sentó junto a la Triumph, dejando que las olas le lamieran las botas. Sacó una pequeña caja de madera del bolsillo de su chaqueta y la abrió. Dentro, había un mechón de cabello negro que había guardado de Teresa y, junto a él, una fotografía desgastada de los dos riendo junto a la moto.

—Siempre me decías que el mar era demasiado grande para comprenderlo —susurró, mirando las olas—. Pero yo creo que es como tú, Teresa. Infinito.

El siguiente destino fue un viejo puente de piedra que cruzaba un río serpenteante. Allí habían parado una vez para reparar la moto después de que se les rompiera la correa en mitad de la nada.

Teresa había improvisado un picnic junto al río mientras Héctor maldecía en silencio la mecánica traicionera. Pero, cuando recordó ese momento ahora, no pensó en la frustración, sino en la risa de Teresa mientras le ofrecía un bocadillo envuelto en papel.

A medida que avanzaba en su viaje algo empezó a cambiar. Héctor comenzó a notar pequeños detalles que le ponían la piel de gallina. En la playa, juraría haber escuchado un eco de una risa entre las olas. En el puente, mientras cruzaba de nuevo, creyó ver a alguien de reojo, con un vestido blanco como el que Teresa llevó aquel día. Pero, al girar la cabeza, no había nadie.

El punto culminante del viaje era el mirador de los Olivos, un lugar elevado desde donde se veía todo el valle. Allí habían ido tantas veces que Teresa lo llamaba "su refugio". Héctor llegó al lugar al atardecer, con el sol tiñendo el cielo de tonos dorados y púrpuras en contraste con los oscuros nubarrones de una tormenta que se aproximaba por su espalda. Apagó la moto y se sentó en una roca, con la caja de madera en las manos.

—Teresa —murmuró, sintiendo que el aire se volvía más frío—. Espero que esto sea suficiente. Y espero que, donde estés, sepas que nunca dejé de amarte.

Una ráfaga de viento más fuerte de lo normal sacudió las hojas de los olivos, y Héctor sintió cómo un escalofrío le recorrería la espalda. Y entonces lo vio, reflejado en el depósito de la moto. Una figura parecida a la de Teresa, mirándole en silencio con una sonrisa serena y con un brillo en los ojos como el que le cautivó hacía cuatro décadas.

—¿Eres tú? —preguntó Héctor, comenzando a girarse.

Un trueno resonó atronador, seguido por un brillante relámpago. Héctor parpadeó, y la figura había desaparecido.

Esa noche, de regreso al pueblo, Héctor sintió que algo había cambiado dentro de él. Había esperado encontrar consuelo en su viaje, pero en lugar de eso, se llevó una duda que era incapaz de resolver. ¿Era su mente jugando con él? ¿O realmente Teresa había estado allí, acompañándolo?

Unos días después, mientras limpiaba la moto en el cobertizo, encontró algo que le heló la sangre. En el manillar de la moto había un pequeño lazo de tela blanca, idéntico al que Teresa solía llevar en el cabello. Héctor lo tomó con manos temblorosas y, después de mirarlo durante varios minutos, suspiró profundamente y lo guardó en la caja de madera, junto al mechón de cabello y la fotografía.

Y así, con ese último detalle, supo que no estaba solo. Que Teresa, de algún modo, siempre estaría con él en cada viaje, en cada curva, y en cada recuerdo grabado en el rugido de su *Triumph Bonneville.*

Antonio Arteaga (Toledo 1966) Profesor, humanista e informático, es fundador de la comunidad de desarrolladores de videojuegos Stratos y presidente de la asociación sin ánimo de lucro Escritores Solidarios.

Considerado experto en nuevas tecnologías y redes sociales, ha escrito numerosos artículos técnicos y de opinión en prensa y medios especializados e impartido conferencias dentro y fuera de España.

Como escritor de ficción ha sido finalista en una decena de premios como el Certamen Internacional de Relatos Breves del País Literario, el Certamen de Relato Breve de Castilla-La Mancha o el Certamen de Relatos Cortos del Ayuntamiento de Madrid, entre otros, y ganador en otros tantos como, por citar algunos, Cervantes en cien palabras de la Consejería de Cultura de C-LM, el Concurso de Microrrelatos de la Cadena Ser, el Concurso de Relato Corto contra la violencia de género Fundación Luz Casanova o el Certamen de Relatos de la Asociación de Escritores de Fuenlabrada.

Ha publicado dos novelas en solitario, *Mensaje equivocado* y *Seducir a un asesino*, cuyos beneficios ha donado íntegramente a la Asociación Española contra el Cáncer, y ha participado como coautor en más de una decena de libros de relatos hasta la fecha.

Hija del Viento

— Salvador Vaquero Montesino, Cáceres —

Parece una eternidad, aunque la enterré ayer. A Clara. Bueno, la enterramos, pero en realidad sentí como si lo hubiera hecho yo solo, con mis manos, con mi cuerpo entero. Al terminar, me quedé mirando la lápida, con su nombre grabado, las fechas, todo tan correcto, tan frío, y me dije: ¿Y ahora qué? Porque cuando lo que te ha mantenido tanto tiempo ocupado desaparece, te quedas así, suspendido, flotando como un papelito al que nadie recoge.

Entonces, me subí al coche y tiré hacia el pueblo. Sin pensarlo mucho, porque si me paro a pensar, no hago nada, y ya me conoces. A veces uno tiene que echarse a andar hacia el pasado, hacia donde aún parece que hay algo, aunque sea solo polvo.

El pueblo estaba... bueno, cambiado, claro. Ya no es ese lugar donde uno conocía a todo el mundo. Ahora hay chalets con sus setos bien recortados y ventanas de aluminio. La plaza sigue ahí, pero es otra. La panadería de los Mateo, aquella que olía a gloria, ahora es un supermercado, y ya ni siquiera venden pan del bueno. Un desastre, como todo.

Dejé el coche y empecé a caminar. Iba sin rumbo, sin más intención que dejar que los pies me llevaran, pero en cuanto giré una esquina y vi la iglesia, sentí como si alguien me apretara el pecho. Allí estaba, el banco de piedra, el mismo en el que me sentaba con los codos apoyados en las rodillas, esperando a que ella apareciera. Y de golpe, me asaltó una pregunta que me dejó seco: ¿cómo puede ser que no recuerde su nombre?

Ella... ¡Ay!, ella. Era morena, claro que sí. Con ese pelo negro que brillaba cuando el sol le daba de pleno, y siempre con esas faldas cortas, ligeras, que se movían como si estuvieran vivas. Subía a mi Derbi con esa sonrisa que tenía algo de traviesa, algo de desafiante, y cuando yo arrancaba, se agarraba a mi cintura como si quisiera fundirse conmigo. Qué risa la suya, cómo se colaba entre el ruido del motor, como si el aire mismo riera con ella.

Acelerábamos por los caminos de tierra, dejando atrás todo: el pueblo, las casas, el tiempo.

Ella me gritaba que fuera más rápido, y yo le hacía caso, claro. Cómo no le iba a hacer caso si tenía dieciséis años (entonces dejaban conducir motos con esa edad) y estaba completamente atrapado por esa manera que tenía de hacer que el mundo entero pareciera una broma estupenda.

A veces parábamos en el claro, ese que estaba justo antes del bosque. Ella saltaba de la moto y corría por el campo, como una niña, recogiendo flores y lanzándome miradas que me dejaban clavado en el sitio. Una vez, mientras trenzaba margaritas para hacerse una corona, me soltó:

—Tú te irás de aquí algún día.

Yo, con toda la torpeza de quien aún no sabe ni qué quiere ni qué tiene, le pregunté:

—¿Y tú?

—Yo no. Yo siempre estaré aquí.

Dime tú qué se responde a algo así. Yo no dije nada, claro. Nunca he sido muy bueno con las palabras, pero aquella vez... peor aún. Solo me quedé mirándola mientras el viento levantaba un poco de polvo y hacía que el campo pareciera vivo.

Y ahora estoy aquí, de vuelta en ese claro. No sé por qué, pero terminé caminando hasta el camino de tierra que lleva al bosque. El asfalto no había llegado hasta allí, y eso me alegró un poco, como si al menos algo hubiera resistido.

Todo estaba igual, aunque más viejo, como yo mismo, como los recuerdos. Me senté en el suelo, como hacía entonces, y cerré los ojos. Fue entonces cuando me di cuenta de lo que me faltaba: su nombre. Su maldito nombre. Recordaba su risa, su forma de abrazarme, las tardes interminables bajo el sol, pero su nombre… nada. Como si el tiempo se lo hubiera llevado, igual que a ella, igual que a nosotros.

El viento empezó a soplar, suave, como lo hacía entonces. Y, por un momento, me pareció oírla otra vez: su risa, el rugido de la Derbi, que me había comprado con mi primer sueldo, el crujido de las ramas bajo sus pies. Pero no era real. O tal vez sí.

Tú te irás de aquí algún día, me había dicho, y yo lo negué, pero al final tuvo razón. ¿Por qué me fui? No lo sé. Tal vez el destino. Luego Clara, por supuesto, y los años de matrimonio y convivencia, sin demasiadas pretensiones ni pasión, hasta que le diagnosticaron su enfermedad y comenzó nuestro calvario, y se le agrió el carácter, acusándome de su desgracia, y yo comencé a beber y a desear que todo terminase cuanto antes, aunque el tiempo se fue estirando…. Pero ahora es mejor no pensar en eso, prefiero volver a los días de la Derbi. Por cierto que aún recuerdo que fue gracias a ella mi primera cita. Un descuido y casi la pillo cuando estaba aparcando.

—¿Eres idiota o qué? —me dijo, lanzándome aquella pregunta que era casi una afirmación.

Y entonces la vi mirarme, entre sorprendida y enfadada, y se echó a reír, y brotó la magia, la punzada en el interior, las vacilaciones al contestar y un rubor extraño que me impedía mirarle a los ojos; todo eso que todavía recuerdo, pese a que su nombre, ¡maldita sea!, no me viene a la mente.

—Por lo menos me darás una vuelta, ¿o no?.

Y sin esperar respuesta, como siempre hacía, se vino hacia mí para que cumpliese sus deseos. Volamos ese día por los caminos, polvorientos y llenos de vida, con el sol dibujando sombras alargadas sobre los campos. Ella gritaba, pero no de miedo, sino de puro entusiasmo, de una alegría tan desbordante que parecía llenar el aire. Me abrazaba fuerte, sus brazos rodeándome como si no quisiera soltarse nunca, y yo sentía que podía conquistar el mundo con solo darle otra vuelta más.

—Soy la hija del viento— repetía una y otra vez, y reía, apretándose a mí cada vez más.

Cuando paramos junto al río, dejamos la Derbi y nos tumbamos en la hierba, mirando cómo el sol se deshacía en un cielo que parecía pintado para nosotros. Ella hablaba, y yo la escuchaba, aunque apenas registraba lo que decía, perdido como estaba en el movimiento de sus labios, en el brillo de sus ojos que miraban el horizonte como si quisieran conquistarlo.

—¿Crees que esto durará para siempre? —me soltó, de repente, con un tono que no admitía bromas.

No supe qué decir. A mis dieciséis años, ¿quién sabía qué era para siempre? Pero en lugar de contestarle, me encogí de hombros, como si el silencio pudiera llenar el vacío que dejó su pregunta.

¿Por qué no supe qué decir? Me preguntaba sentado en este lugar donde todo parecía desmoronarse menos los recuerdos, mientras trataba de atrapar ese momento perdido. Su risa, su mirada, sus ganas de devorar el mundo. Lo tenía todo... menos su nombre. Ese maldito nombre que el tiempo borró.

Fui hasta el garaje de la casa sabiendo lo que hallaría. Allí, bajo una lona, como si el tiempo no hubiera pasado, estaba ella: mi Derbi 74 Cross. Intenté arrancarla, pero no lo logré. Necesitaba ayuda y busqué al mecánico, Matías, que ya estaba jubilado, pero hacía favores, por supuesto no gratis. Estuvo un par de horas con ella, tocando piezas y buscando la causa del problema: bujías dañadas, polvo que obstruyera el carburador o el aire... Al final consiguió arrancarla.

—Ha costado— dijo lacónico, sin dar más explicaciones técnicas, y aceleró para que comprobase que había vuelto a la vida. Aquel sonido fue música en mis oídos, y me devolvió al pasado.

A la tarde regresé a los caminos. Nostálgico de años perdidos en la memoria que ahora parecían cercanos, pese a la distancia. El viento volvió a soplar, suave, y por un instante creí escucharla, igual que la primera vez.

—¿Me darías otra vuelta? —pareció decir, como si el pasado tuviera la gentileza de devolvérmela, aunque fuera solo un instante.

No contesté. Me quedé ahí, dejando que las lágrimas vinieran como vinieron los recuerdos, sin freno y sin aviso. A veces creo que recordar es lo más parecido a vivir otra vez... aunque duela.

Y entonces me levanté y cabalgué de nuevo sobre mi Derbi. Hice rugir otra vez su motor de dos tiempos refrigerado por aire, y la invité a que se subiese. Cuando sentí sus manos apretando mi cuerpo aceleré por esos caminos de tierra infinitos en mi memoria, dejando que el viendo nos azotase el rostro, mientras le mostraba al mundo toda la potencia de los quince caballos de mi caballo metálico, porque deseaba que su cuerpo se pegara al mío más y más, hasta fundirse y convertirnos en uno solo, como en mis recuerdos.

Y entonces, mientras el motor vibraba como un corazón furioso y el polvo se alzaba en volutas doradas contra el sol poniente, algo dentro de mí se soltó. Como si aquel instante—esa marcha hacia el pasado—desenredara el ovillo de los recuerdos con una paciencia cruel, tirando de un hilo que me conducía directo al centro de lo que fui, de lo que éramos. Ella. Yo. La moto. Siempre la moto. La fiel Derbi, que nunca fue solo un amasijo de metal y ruedas. No, aquello era mucho más. Era nuestra aliada secreta, nuestra pequeña conspiradora. Con ella no éramos dos chicos atrapados en un pueblo. Con ella éramos veloces, éramos audaces, éramos invencibles.

Porque la moto no era un vehículo. Era un refugio. Un confesionario sin palabras. Un rincón donde la vida dejaba de ser gris para vestirse de viento y promesas que no necesitaban cumplirse. Ella se agarraba a mi cintura como si la velocidad fuera una especie de encantamiento, como si en cada curva nos burláramos del tiempo, del miedo, de todo lo que aún no habíamos entendido. La Derbi nos convertía en un solo cuerpo, en un rugido que anunciaba al mundo que allí íbamos nosotros, tan jóvenes, tan llenos de una eternidad que no sospechábamos frágil.

Y ahora, tantos años después, estaba aquí, otra vez. Solo yo y la moto, fiel compañera de huesos desgastados y pintura ajada. Al encenderla, el motor tosió primero, como un anciano despertando de un largo sueño. Pero luego rugió, fuerte y claro, como si entendiera que este día no era cualquier día. Como si supiera que hoy estábamos a punto de retomar un camino perdido, de recuperar algo que nunca dejamos del todo.

Sentí su risa. No, no era real. Pero sonaba tan nítida en mi memoria que casi podía jurar que venía del viento, ese viento que golpeaba mi cara mientras la moto corría, mientras la carretera se estiraba frente a mí como una cinta infinita. Cerré los ojos un segundo, solo un segundo, y allí estaba ella, tan viva como entonces. Su falda jugando con la brisa, su pelo como un campo de trigo en verano, su risa, siempre su risa. Era su trono, aquella moto, y yo era su caballero sin armadura, aunque en lugar de dragones y castillos teníamos caminos de tierra y sueños que olían a gasolina.

Cuando frené junto al río, el eco del motor se desvaneció en el aire, dejando espacio para otro eco, uno más antiguo. Me bajé y me dejé caer en la hierba, donde solíamos sentarnos, donde el tiempo se detenía y el mundo era sencillo. Cerré los ojos otra vez. Su nombre seguía escapándose, como una palabra que nunca aprendí del todo. Pero su presencia, su risa, el calor de sus brazos en mi espalda, eso estaba ahí, intacto, como si lo hubieran dejado guardado entre los árboles y las piedras.

—Soy la hija del viento— ese grito en mi memoria, más que un recuerdo, una vuelta a los días felices.

Me levanté despacio, sacudí el polvo y regresé a la Derbi. La encendí, y el rugido me llenó de nuevo de esa absurda certeza de que el pasado, de alguna forma, podía alcanzarse. No me dejé engañar por fantasmas esta vez. Ella estaba ahí. Lo supe cuando aceleré y sentí su risa detrás de mí, cuando imaginé sus manos en mi cintura, firmes, confiadas, y esa manera suya de adueñarse del mundo con solo una mirada.

El viento me azotó el rostro. No tenía dudas de que era ella, transformada en mi moto, y supe que jamás nos separaríamos.

El último secreto de Cantallés

—Aarón Carvajal Herrera, Málaga —

Prólogo

La lluvia de otoño caía con fuerza, oscureciendo el cielo y anunciando la llegada del frío. Él ajustó su chaqueta mientras aceleraba en su motocicleta, temeroso de una pulmonía. Aunque trataba de refugiarse de la tormenta, sabía que tras la tempestad venía la calma. Era un mochilero por necesidad, huyendo más que explorando el mundo. Esta vida errante le había costado amigos y tranquilidad, pero al menos podía seguir adelante. Por ahora.

Corría por la carretera, las señales pasaban rápidamente ante él, pero apenas las registraba. Nunca había sido precavido, lo que le había ganado no pocos enemigos. Miró hacia atrás, la sensación constante de ser perseguido lo atormentaba. Había pensado en rendirse muchas veces, pero algo —quizás el instinto de supervivencia o un deseo de redención— lo mantenía en marcha.

Esa noche, sin embargo, no imaginaba que su mayor amenaza no venía de la persecución, sino de algo mucho más cercano y letal.

Capítulo 1: Un hallazgo macabro

Cantallés, un pequeño pueblo al norte de España, no era un lugar tranquilo. La quietud del paisaje solo escondía el peligro latente. En la noche del 10 de octubre de 2017, el pueblo se vio sacudido por el hallazgo de un cadáver flotando en el lago Manzanal. Una vecina, que paseaba por la orilla, lo descubrió y rápidamente alertó a la policía. El cuerpo había muerto hacía una o dos noches, pero no presentaba signos de descomposición avanzada. Intentaron reanimarlo, pero no hubo éxito.

Lo que parecía un ahogamiento accidental tomó un giro inesperado cuando los agentes notaron marcas de ataduras en las muñecas de la víctima. Esto no coincidía con la primera hipótesis. Algo mucho más oscuro estaba detrás de su muerte. La víctima fue identificada como Fernando

Rojas, un joven que, aunque no tenía vínculos directos con el pueblo, había estado de paso. Sin embargo, algo en su historia captó la atención de las autoridades. Había llegado a Cantallés con la reputación de ser un motociclista errante, alguien que había escapado de una vida tormentosa y había dejado detrás una serie de enemigos.

Aunque no se conocía a la familia Ferreira en el pueblo, la investigación pronto reveló que Fernando había estado relacionado con una serie de eventos y personas que levantaban sospechas. Su vida en la carretera, marcada por disputas con otros motociclistas, parecía tener conexiones con los asesinatos previos de motoristas en la zona.

Capítulo 2: El caso comienza

Alex Rosales, un joven agente del FBI, llegó a Cantallés con la firme determinación de resolver el caso. Al principio, los agentes locales se mostraron reacios a su presencia, pero pronto se dieron cuenta de que sus métodos eran efectivos. El capitán de la policía local, Marcos Aguilar, aceptó la ayuda de Alex, aunque con cierto recelo.

—Este es nuestro terreno, le dijo Marcos al principio, mirando con desconfianza al joven agente. Pero Alex no se dejó intimidar. "Lo único que me importa es encontrar la verdad", respondió con firmeza.

La autopsia reveló que Fernando había sido golpeado en la cabeza antes de ser arrojado al lago. Sin embargo, lo más extraño era lo que encontraron en su estómago: una pequeña llave metálica. ¿Por qué había sido tragada? ¿Era un mensaje? ¿Una advertencia? Nadie sabía con certeza, pero la pieza parecía clave para entender la naturaleza de su muerte.

El misterio creció aún más cuando se descubrió que Fernando había sido un joven errante, perseguido por su pasado. Había escapado de un trágico accidente en Almería, donde su novia, Sara, había muerto. Desde entonces, él había vivido huyendo, pero parecía que algo —o alguien— seguía su rastro.

Capítulo 3: La llave del misterio

La pequeña llave metálica encontrada en el estómago de Fernando comenzó a cobrar más importancia. Los forenses confirmaron que no había sido tragada por accidente; alguien la había forzado a ser ingerida. Esto dejó claro que la llave no era solo un accesorio sin sentido, sino una pieza fundamental en el rompecabezas. ¿Qué significaba? ¿Qué relación tenía con los crímenes anteriores en Cantallés?

Marcos comenzó a hacer conexiones en su mente. Sabía que el pueblo había sido escenario de otras muertes extrañas en los últimos años, todas relacionadas con motoristas que desaparecían sin dejar rastro. La llave, pensó, podría ser una especie de símbolo, un mensaje dejado por aquellos que seguían un código oscuro y secreto.

Poco después, Marcos recordó un dato clave: un grupo de motociclistas locales, los hermanos Salazar, quienes habían sido detenidos años atrás por vandalismo en la zona. Los Salazar, aunque no muy conocidos, tenían una reputación inquietante por su implicación en peleas violentas y su vínculo con extraños negocios. Se decía que ellos eran los encargados de mantener el orden entre los motoristas y que, aunque su presencia en Cantallés era discreta, todos sabían que su influencia era poderosa.

Los Salazar habían desaparecido poco antes de la muerte de Fernando, y se rumoreaba que no eran ajenos a la violencia que se desataba en la región. La clave que había encontrado Fernando, la misma que ahora parecía haberle costado la vida, se conectaba con ellos de manera extraña, pero inevitable. Parecía ser un símbolo de un pacto no escrito, una marca de muerte que no podía ser desafiada.

Capítulo 4: El símbolo de la llave

La investigación avanzaba lentamente, pero Marcos no dejaba de darle vueltas a la llave. Cada vez estaba más convencido de que no solo era una señal, sino un símbolo de algo mucho más profundo. La idea de que alguien estuviera usando llaves para marcar a sus víctimas no era una coincidencia. Algo o alguien las estaba utilizando para marcar a los traidores o aquellos que no seguían el código implícito del pueblo.

Marcos comenzó a profundizar en los registros antiguos de la región, buscando casos no resueltos, desapariciones de motoristas que pudieran estar conectadas con este extraño símbolo. En cada uno de los informes, siempre se mencionaba algún tipo de "marca" o "señal" en los lugares donde los cuerpos eran encontrados, pero nunca se había dado mucha importancia a esos detalles. Ahora, con la pieza clave de la llave, todo parecía encajar.

Las preguntas empezaban a agolparse en la mente de Marcos: ¿quién estaba detrás de todo esto? ¿Qué relación había entre los motoristas desaparecidos y los Salazar? Y, lo más inquietante, ¿por qué una llave?

Capítulo 5: La verdad sale a la luz

Marcos reunió a los vecinos en el salón de actos del pueblo. Sabía que no podía seguir guardando secretos. Les mostró las pruebas, y a medida que desglosaba los detalles, los presentes se mostraron cada vez más nerviosos. Nadie quería ser acusado, pero la verdad era inevitable.

Finalmente, una mujer mayor, con una mirada llena de arrepentimiento, confesó. "Lo que hacemos es necesario para proteger la paz de Cantallés. Las motos traen destrucción. Si alguien no respeta nuestras reglas, tiene que desaparecer". Con una voz temblorosa, admitió que la llave era una señal, un código utilizado para marcar a aquellos que eran considerados una amenaza.

—Es un recordatorio, dijo, con la voz quebrada. La llave es lo que nos permite cerrarlo todo. Es el símbolo de que un secreto ha sido revelado, que una persona ha cruzado una línea que no debía cruzar. No hay vuelta atrás".

Los asesinatos de motoristas no eran casuales. Eran el resultado de un pacto oscuro entre los habitantes de Cantallés, un pacto para mantener su tranquilidad a toda costa. La llave, entonces, representaba la sentencia de muerte para aquellos que, como Fernando, rompían el equilibrio del pueblo.

Epílogo

El caso de Cantallés nunca fue olvidado. Marcos dejó la policía después de todo lo ocurrido, incapaz de superar las secuelas de la investigación. En sus noches más tranquilas, aún podía escuchar el rugir de las motocicletas a lo lejos, como un eco lejano que nunca se desvanecía.

Y mientras contaba la historia a sus nietos, una sombra pasó por la ventana. Marcos se detuvo, su corazón comenzó a latir más rápido. Quizás algunas cosas, algunos secretos, nunca desaparecen.

Urquiza

—Alberto Palacios Santos, Salamanca —

A veces me acuerdo del Rubio Urquiza. Estuvimos mucho tiempo sin vernos y nuestro reencuentro fue precedido del sonido rotundo del motor de su *Laverda* de 650 centímetros cúbicos. Yo acababa de regresar al pueblo tras casi diez años fuera de casa y oír ese rugido rompiendo el silencio de la noche fue como llegar a tierra firme.

Al día siguiente le pregunté a mis viejos.

—¿Quién tiene moto en el pueblo?

—¿La que hace ese ruido del infierno por las noches?

—Supongo, a mí me gusta.

—Es la moto de Jorge.

—¿Qué Jorge?

—Jorge Urquiza, el hijo de los guardeses de la Finca Grande.

—¿El Rubio?

Mi vieja asintió con la cabeza.

—Sí, el Rubio. Erais muy amigos de niños ¿te acuerdas?

Creo que me puse colorada. Siempre me gustó el Rubio Urquiza, era cuatro años mayor que yo, durante varios veranos fuimos inseparables, aunque a esas alturas de mi vida sólo recordaba con nitidez que tenía las manos demasiado grandes y los ojos de carnero degollado.

—Ahora trabaja en el matadero.

—¿El Rubio en el matadero?

—¿Por qué te extraña? Debe ganar un buen jornal, se compró esa moto italiana el verano pasado.

Urquiza ya había cumplido los treinta cuando pudo comprar su primera moto, lo hizo al contado, con el sueldo que había ganado todo un año matando vacas. Podía imaginármelo en el bar de la plaza, contando con voz profunda lo duro que era su trabajo "Cada diez kilómetros que hago con la *Laverda* me han costado una vaca despedazada".

El Rubio tenía teorías para todo y hacía cálculos a los que sólo él les sacaba algún significado. Cuando éramos pequeños me hacía sentir vértigo pensando en el número de piedras que había en el lecho del río. En una ocasión me cubrió el cuerpo con la arena fina de la orilla y me preguntó cuántos granos me tapaban, me dijo que tendría tres oportunidades y que si no lo acertaba me dejaría allí toda la noche.

Siempre pensé que acerté cuando di una cifra enorme, completamente al azar. "Sí, correcto —dijo el Rubio— ahora vamos a contar estrellas".

La noche siguiente le esperé junto a la puerta de casa, la gente de los pueblos tiene las horas muy bien distribuidas, sus costumbres son pequeñas leyes inmutables y es raro que se salgan de la regla. A la una menos diez pude oír como su moto se acercaba por la carretera comarcal. El Rubio me vio antes que yo a él, la luz del faro de su moto me iluminó entera, como a una actriz de cine o como a una presidiaria en medio del patio de la cárcel, no sé cómo me vería aquella primera vez, pero paró a mi lado y, sin bajar de su *Laverda*, como si fuera un cowboy recién llegado de guardar el ganado, me habló poniendo esa sonrisa bobalicona que tanto me gustaba de él.

—Has vuelto a casa, Princesa.

Por lo general no dejo que nadie me llame Princesa ni nada parecido, pero el Rubio lo hacía desde que éramos niños, y no me lo imaginaba llamándome Matea. Matea es horrible, como mi abuela, de la que heredé el nombre y el mal carácter.

—Y tú te has comprado una moto.

—Ya sabes que era uno de mis sueños.

—¿Uno de tus sueños? No lo recordaba —le mentí— ¿no tienes más?

—Tengo más, pero ahora estoy disfrutando de este.

—¿Cuánto corre?

—¿Cuánto corre? ¿Qué pregunta es esa, Princesa? ¿Tienes doce años?

—Hace mucho que no tengo doce años, ni tú dieciséis.

El Rubio se ruborizó y se puso nervioso por primera vez aquella noche, para disimular empezó a hablarme de su *Laverda*, lo hacía con pasión, pero con un fondo de tristeza, como si el verme allí delante en vez de traerle buenos recuerdos solo le hubiera traído melancolía.

Los días siguientes Urquiza siguió visitándome a la una de la madrugada, hablábamos en la entrada de casa de mis viejos de lo mal que nos había ido a los dos durante aquellos años de ausencia. Lo hacíamos sin delicadeza, pero también sin pasión, él sentado sobre la moto dormida y yo entre dos escalones. Cuando nos cansábamos de hablar de los malos papeles que habíamos interpretado volvíamos la vista más atrás y regresábamos a los tiempos en los que teníamos todo por delante.

—¿Te acuerdas cuándo me cubriste entera de arena junto al río?

El Rubio se echó a reír, sus ojos se achicaron y su cara se transformó en el muchacho con el que pasaba los veranos.

—No te tapé entera, te dejé fuera la cabecita para que respiraras.

—Por entonces estabas obsesionado con la inmensidad.

—¿Con la inmensidad? ¿Yo?

—Decías que podía contarse los granos de arena, las piedras del río y las estrellas.

—Decía que eran cosas contables, no que se pudieran contar.

—¿Y no es lo mismo?

Urquiza negó con la cabeza.

—Son cosas muy distintas. Nosotros, por ejemplo, sabemos que viviremos un número determinado de días, o de horas, pero no podemos contarlas.

—Podrán contarlas cuando muramos.

—Son contables, por tanto, pero para nosotros es imposible saber el número.

A mis viejos les gustaba Jorge Urquiza, conocían a sus padres desde hacía muchos años y le habían visto nacer, así que era como alguien de la familia. Yo hubiera preferido que les cayera mal y discutir todas las noches a cuenta de sus visitas. Como no había posibilidad de discusión, el Rubio y yo decidimos dejar la puerta de casa y salir a dar una vuelta con la moto.

Al parecer yo debía de sentirme especial por ir encima de una *Laverda* 650, según decía el Rubio solo se fabricaron doscientas unidades en Italia y él había pagado un dineral por aquella. Me hablaba de que tenía un motor bicilíndrico, con suspensiones *Ceriani*, instrumentación *Smiths* y electricidad *Bosch*. Yo no entendía nada de lo que me decía, pero me gustaba oírle hablar y ver como sus ojos de carnero se emocionaban casi hasta la lágrima, como un estúpido dibujo japonés.

—No tenía ni idea de que supieras tanto de motos.

—Aquí los días son muy largos y si te decides por una afición tienes que llevarla hasta sus últimas consecuencias.

—¿Hasta sus últimas consecuencias? ¿Tengo que buscarme yo una, entonces?

—Sí, si quieres sobrevivir a este paisaje.

—¿Y a qué puedo aficionarme? ¿A las motos como tú?

—No, no —el Rubio puso cara de disgusto— cada uno debe elegir su camino y el de las motos ya lo tengo yo.

—¿Te han dado la exclusiva?

—Puede decirse así.

El Rubio Urquiza vivía con sus viejos en una casa amarilla de la Finca Grande, en medio de una extensión inmensa de olivares cuyo dueño vivía en Jaén o en Sevilla.

—Pensé que a estas alturas de la película te habías quedado con el trabajo de tu padre.

—Nunca se me ocurriría.

—¿Por qué? ¿No te gusta cuidar las tierras de otros?

—No me gusta quitarle a mi padre lo que más le gusta.

—¿Cuidar las tierras de un señorito es la pasión de tu viejo?

—Así es, y por lo que parece la llevará hasta sus últimas consecuencias.

A veces, cuando pienso en el Rubio me parece oír todas esas frases que tanto le gustaba pronunciar y creo que quizás no las pensaba, que sólo las decía porque sonaban bien en su boca y yo respondía con gestos de disgusto, creo que le gustaba más si me veía enfadada.

Todas las mañanas, de lunes a viernes, Urquiza trabajaba en el matadero comarcal, siempre contaba que lo peor del aquel lugar no era el olor a mierda, ni la sangre, lo peor era los ojos de las vacas. Decía que nunca las miraba y que si alguna vez lo hacía por accidente le fastidiaba el almuerzo y hasta dormía mal a la noche.

La moto del Rubio llegaba a los ciento ochenta con facilidad. Creo que se imaginaba llevándome en la grupa como si fuera una princesa, pero nunca se atrevió a decírmelo, Urquiza sabía que no me gustaba ser princesa, y que lo que en realidad quería es que me dejara a mí llevar la moto. Un sábado, a mediodía, me llevó hasta un camino de tierra situado detrás de la finca que cuidaban sus viejos, fue allí, en medio del sábado donde paró la moto, se bajó y me dejó pilotarla. "Ahora la princesa soy yo" dijo, pero fui incapaz de soportar el peso de aquel engendro.

— ¡Pesa mucho! ¿Cómo puedes llevarla sin esfuerzo?

—Son muchas reses cargadas, Princesa, estoy acostumbrado.

Aquel día aprendí a querer un poquito a Urquiza. Después de varias vueltas nos acercamos a la casa amarilla a ver a sus viejos, comimos un asado y me fijé en que él solo comió patatas y ensalada y no probó ni un bocado de carne.

Esa noche, antes de despedirnos, el Rubio me dijo que iba a dejar lo del matadero y tras dar varios rodeos me preguntó si yo le seguiría a Italia, a conocer la fábrica de *Laverda*.

—Yo no soy tu novia, Urquiza, no te confundas, nunca sigo a nadie.

El Rubio trató de sonreír, pero sólo supo poner esos ojos de cordero que tanto me gustaban y que esta vez me recordaron a los de sus vacas muertas.

No volví a verlo, supe que se había tomado unas vacaciones y que tenía pensado ir en su moto hasta Breganze, en el norte de Italia. El muy idiota soñaba con trabajar en la factoría de *Laverda* y no consiguió ni llegar a casa.

Ocurrió en noviembre, Urquiza salió de trabajar a mediodía y fue hasta la Finca Grande y recogió sus cosas, después se despidió de sus padres y decidió ir a verme a casa. Su moto se estrelló contra un camión de ganado y yo ni siquiera estaba esperándole.

Ese mismo día me puse a contar las horas, minutos y segundos que el Rubio había estado sobre la tierra.

Agentes secretos, cabras y tráfico de especies

—Antonio Olmos Belmonte, Murcia —

En un tranquilo pueblo enclavado entre colinas y campos interminables, conocido por su feria anual y sus competiciones de motocross, la vida seguía un ritmo apacible. Este lugar, donde las motocicletas y las rutas rurales eran casi un emblema local, iba a ser el escenario de una historia tan accidentada como los caminos que rodeaban sus montes. Allí vivía Marina, una joven y decidida veterinaria, famosa en la zona por su habilidad para llegar en su cuatrimoto a las zonas más remotas, atendiendo desde ovejas perdidas hasta yeguas con partos difíciles. Su vida era simple, dedicada a sus pacientes y sus estudios de fauna local, con escasos momentos para pensar en el amor o en cualquier otra cosa que no tuviera cascos y patas. Marina había aprendido a manejar su cuatrimoto a los dieciséis años y desde entonces no se había bajado de ella. Ni el barro ni la niebla podían detenerla; su trabajo y su vida estaban ligados a su moto y a las rutas rurales del lugar.

Por otro lado, estaba Alex, un agente secreto... o al menos eso decía él. En realidad, su "agencia" era más un grupo de aficionados a la investigación en su tiempo libre o en vacaciones, que un equipo de élite, pero Alex se tomaba cada misión con la seriedad de un agente encubierto. Con la llegada de rumores sobre una organización ilegal de tráfico de especies en el área, Alex decidió que el mejor camuflaje sería hacerse pasar por un aficionado a las motocicletas. Así, llegó al pueblo con su reluciente moto enduro, listo para investigar y dispuesto a integrarse en la cultura local. Lo que no esperaba era conocer a Marina, quien, a pesar de su porte serio y práctico, era una verdadera reina de las rutas rurales y se movía con una destreza que Alex solo soñaba con alcanzar.

Marina salió temprano esa mañana, tras recibir una llamada de urgencia: un rebaño de cabras se había extraviado en el cerro y la abuela del dueño estaba preocupada. Armada con un mapa mental del terreno y un par de botas resistentes, salió a toda velocidad en su cuatrimoto, salpicando barro a su paso y disfrutando de la sensación del viento en el rostro. Cuando ya casi había llegado a la ladera donde se suponía que estaban las cabras, sintió el rugido de un motor acercándose por detrás. Era Alex, intentando integrarse en su primer recorrido matutino en moto. Con su equipo de espía —que incluía unos auriculares y unas gafas de sol poco discretas—, Alex trataba de mostrarse seguro, aunque la realidad era que apenas controlaba su moto en ese terreno. Justo en una curva traicionera, Alex intentó evitar una rama caída y acabó dando un giro brusco... que terminó en un casi choque directo contra la cuatrimoto de Marina.

—¡Pero bueno! ¿No ves por dónde vas? —exclamó Marina, quitándose el casco y mirando a Alex con una mezcla de incredulidad y furia.

—Lo siento, iba... investigando... —respondió Alex, tartamudeando, sin poder ocultar su nerviosismo.

—¿Investigando? —Marina arqueó una ceja y evaluó al desconocido, sin notar la insignia de "agente secreto" bordada con poco profesionalismo en su chaqueta—. Mira, en esta zona todos sabemos que conducir aquí es complicado. No puedes venir con esa moto a hacer... ¿qué? ¿Turismo de aventura?

Alex, intentando salvar su dignidad, compuso una sonrisa:

—En realidad… soy un agente encubierto, y me parece que he descubierto algo importante por aquí.

Marina suspiró y, tras apartarse el cabello de la cara, murmuró:

—Primero, vamos a buscar a las cabras. Después, ya te preocupas por tus "misiones secretas".

A regañadientes, Alex aceptó acompañar a Marina en la búsqueda del rebaño. Sin embargo, con cada metro que avanzaban por el terreno accidentado, quedaba claro que él estaba fuera de su elemento. Mientras Marina conducía su cuatrimoto con agilidad, saltando entre piedras y charcos como si fuera parte del paisaje, Alex luchaba por mantenerse erguido en su moto enduro, tragando polvo y rogando no caer en otro charco de barro.

—¿Estás bien ahí atrás, "agente encubierto"? —preguntó Marina sin volverse, aunque en su tono se notaba una pizca de burla.

—¡Perfectamente! Solo… familiarizándome con el terreno —respondió Alex, esforzándose en no parecer exhausto. Pero cada vez que intentaba ajustar su casco o sus gafas, perdía un poco más el control de la moto. Finalmente, decidió que lo mejor era seguir en silencio y concentrarse en no salir volando en el próximo bache.

Marina, sin embargo, no le hizo fácil la tarea. Detuvo la cuatrimoto en un saliente del camino y señaló con decisión hacia una colina cercana.

—Mira, las cabras suelen ir hacia esa zona cuando huyen. Está llena de arbustos y rocas. Deberíamos separarnos: tú vas por ese lado y yo iré por la colina. Si encuentras al rebaño, solo haz algún ruido para que te escuche.

Alex miró la colina y luego a Marina, con una mezcla de respeto y desconcierto. ¿Separarse? Sin la mínima experiencia en el campo y, encima, en un terreno desconocido, la idea le parecía una locura. Pero su orgullo de "agente" se lo impidió admitir.

—Muy bien, nos vemos en... bueno, cuando termine la misión —dijo, dándole un toque a su casco como si estuviera a punto de lanzarse a una operación encubierta.

Marina contuvo la risa y se alejó en su cuatrimoto, desapareciendo rápidamente detrás de unos arbustos. Alex la vio irse y, respirando hondo, comenzó su propio ascenso por el terreno rocoso. Al poco tiempo, los sonidos de las motos y la agitación se disolvieron en la tranquilidad del campo, y Alex se encontró solo en medio del paisaje rural. Mientras tanto, Marina avanzaba hacia la cima de la colina, esquivando piedras y ramas caídas con la habilidad de alguien que conocía el terreno a la perfección. Sin embargo, no podía evitar pensar en el "agente" que había dejado atrás. Algo en su actitud absurda y su determinación la divertía, pero también la intrigaba. Estaba claro que él no sabía nada de trabajar en un ambiente rural; su forma de manejar la moto lo delataba. Pero, por alguna razón, tenía la sospecha de que realmente estaba metido en algún asunto serio... o al menos él lo creía. En ese momento, Marina divisó a las cabras entre los arbustos, pastando tranquilamente, ajenas al caos que su ausencia había causado. Estaba a punto de gritar para avisarle a Alex, cuando lo escuchó tropezar entre las piedras a unos metros de distancia. Allí estaba él, intentando abrirse paso con su moto y sin darse cuenta de que tenía al rebaño justo al frente.

—¡Ah, aquí están! ¡Lo logré! —gritó Alex, mientras alzaba las manos en un gesto triunfal.

Pero su grito asustó a las cabras, que de inmediato comenzaron a correr en diferentes direcciones, saltando entre las rocas y esparciéndose por toda la colina.

—¡No! ¡Deténganse, soy un amigo! — exclamó Alex, mirando con desesperación cómo las cabras huían en todas direcciones.

Marina, riéndose a duras penas, condujo su cuatrimoto hasta él, quien la miraba con una mezcla de vergüenza y frustración.

—Vaya, agente encubierto, parece que tus "informantes" no estaban muy dispuestos a colaborar —bromeó Marina, mientras comenzaba a dirigir a las cabras con gestos firmes y señales con las manos, recuperando el rebaño en poco tiempo.

—Quizá no son buenos en identificar quién está de su lado —respondió Alex, intentando mantener la compostura.

Marina le lanzó una mirada divertida mientras una pequeña sonrisa cruzaba su rostro.

—Pues si quieres que te reconozcan, intenta no asustarlas con esos gritos de victoria. Aquí en el campo, las cabras no responden muy bien a... las tácticas de la ciudad.

Alex suspiró, aceptando su derrota por el momento, y se quedó en silencio mientras Marina organizaba al rebaño, guiándolas con destreza. Una vez que el grupo de cabras estuvo bajo control, ambos comenzaron a descender la colina juntos, cada uno con sus pensamientos. Sin embargo, el silencio entre ellos no duró mucho.

—Entonces... ¿me dirás de qué va tu "misión" o prefieres seguir siendo el agente misterioso? —preguntó Marina, con una curiosidad genuina en su tono.

Alex la miró, y por primera vez, la idea de confesarle algo de su "misión" cruzó por su mente. Había algo en aquella veterinaria rural que le hacía sentirse, contra todo pronóstico, en confianza. Pero, claro, también sabía que lo que iba a decir podría sonar aún más ridículo en un lugar tan apartado.

—Bueno... realmente, he venido aquí a investigar sobre... —empezó, bajando la voz y mirándola con seriedad— tráfico de especies en peligro.

Marina lo observó en silencio unos segundos antes de esbozar una sonrisa.

—Así que... viniste a un pueblo donde lo más exótico que tenemos es un perro que aprendió a hacer cabriolas, y crees que aquí hay un tráfico de especies en peligro... interesante.

—Es un rumor... —murmuró Alex, a la defensiva— y, además, no he venido solo. Tengo un equipo de... bueno, de apoyo en otro pueblo cercano.

Marina asintió lentamente, tratando de no reír.

—¿De apoyo? Ah, entonces esto es algo serio. Bueno, "agente", será mejor que nos prepares para el caso, porque aquí las cabras se toman su tiempo en confiar.

Después de un accidentado descenso y de devolver las cabras a su corral, Marina y Alex se detuvieron en la entrada del pequeño bar del pueblo, el lugar donde todos se reunían para comentar las noticias locales y ponerse al día con la vida de los demás. Para Alex, el bar era la oportunidad perfecta de "infiltrarse" y reunir información sobre la supuesta red de tráfico de especies que, según él, operaba en la zona. Marina, en cambio, lo veía como una oportunidad de descubrir cuánto podía realmente soportar de la "misión" de Alex antes de que él mismo se diera por vencido. Una vez dentro, los parroquianos lanzaron miradas curiosas al extraño con chaqueta de agente y a Marina, la veterinaria del pueblo, que se veía inusualmente acompañada. Tras unas cuantas miradas y algún que otro susurro, el propietario del bar, Don Julián, se acercó, una figura imponente y paternal que apenas cabía detrás de la barra.

—Vaya, Marina, ¿quién es el amigo? No recuerdo haberte visto por aquí, muchacho —dijo Don Julián, mientras limpiaba un vaso y observaba con ojos entrecerrados a Alex.

Alex se enderezó, dándole a su chaqueta un tirón para alisarla, y trató de mostrarse seguro.

—Soy Alex, encantado. Estoy... de paso, investigando algunas cosas... ya saben, curiosidades sobre la fauna y...

Marina, intentando salvarlo de la vergüenza, intervino.

—Alex es un "investigador" —dijo, dejando que las comillas en su tono se notaran bien— que ha venido porque cree que hay algo "interesante" aquí.

Don Julián lo miró por unos segundos, evaluándolo, antes de soltar una carcajada sonora que retumbó por el bar. Los demás clientes se giraron a ver qué ocurría, y la risa de Don Julián pronto se contagió a todos. Alex, rojo de vergüenza, intentó sonreír como si formara parte de la broma.

—Un investigador, ¿eh? Bueno, muchacho, aquí el único tráfico que conocemos es el de los rumores, y te aseguro que van más rápido que las motos de Marina —dijo Don Julián, dándole un amistoso golpe en el hombro.

—No me subestimes —dijo Alex, intentando recomponer su dignidad—. He oído rumores de que hay una especie rara en el pueblo, algo así como una especie protegida. Unos "ciervos montañeses"... o algo así.

Marina se cubrió la boca para evitar reír, y Don Julián le lanzó una mirada divertida.

—¿Ciervos montañeses? No, chico, aquí no hay ciervos montañeses. Lo más raro que verás son las cabras de la tía Amalia, que saben treparse a los árboles como si fueran gatos —explicó Don Julián—. Pero te diré algo, si quieres investigar, vas a necesitar algo más que una moto y una chaqueta de espía.

Alex asintió solemnemente, intentando mantenerse en su personaje, mientras Marina, incapaz de resistirse, añadió:

—Sí, porque aquí los ciervos son muy escurridizos. Dicen que se camuflan entre los árboles y salen solo de noche, como verdaderos... espías rurales.

Alex la miró con un gesto de derrota. Sabía que no iba a ganar aquella batalla. Sin embargo, decidió que no iba a rendirse tan fácil.

—Puede que me haya equivocado en algunas cosas —admitió—, pero eso no cambia que algo extraño ocurre aquí. Y, además —dijo mirando a Marina—, creo que necesito una guía local para no perderme... ni a las cabras, ni a los "ciervos" nocturnos.

Marina lo observó, evaluándolo, como quien mira una fruta de aspecto dudoso en el mercado, sin saber si está madura o podrida.

—Bien, "agente", te ayudaré, pero con una condición. Necesito que demuestres que puedes seguirme el ritmo en una ruta por las colinas. Mañana a primera hora —dijo Marina con una sonrisa desafiante—. Así podré ver si te aguantas, o si tengo que rescatarte de algún charco otra vez.

Alex aceptó, aunque con una mezcla de preocupación y curiosidad. Para él, esta era una misión que había escalado de una simple investigación a un auténtico desafío de supervivencia en el campo, tan desconocido para sus costumbres como la selva amazónica. A la mañana siguiente, Alex se presentó en la colina equipada con su moto enduro, listo para la aventura. Llevaba una pequeña libreta y un bolígrafo, seguro de que iba a recopilar alguna información clave. Marina lo esperaba, apoyada en su cuatrimoto con una expresión que no auguraba nada fácil para él.

—Espero que hayas desayunado bien, agente. Esto no va a ser un paseo de fin de semana.

Alex intentó ocultar su nerviosismo y subió a su moto. Comenzaron la ruta en silencio, con Marina guiándolo por caminos cada vez más estrechos y escarpados, llenos de piedras, barro y algún que otro tronco caído. Mientras Marina navegaba el terreno con facilidad, Alex comenzaba a arrepentirse de su decisión.

Cuando finalmente alcanzaron la cima de una colina con vistas al valle, Marina se detuvo, y Alex, agradecido por el descanso, bajó de su moto con las piernas temblando. Desde allí, podían ver el pueblo y el paisaje verde y tranquilo que se extendía hacia el horizonte.

—No está mal, ¿verdad? —dijo Marina, respirando profundamente—. Este es mi lugar favorito. Vengo aquí cuando necesito... claridad.

Alex asintió, impresionado, mientras miraba a Marina con una mezcla de admiración y respeto.

—Sabes... no suelo decir esto, pero tienes razón. No tengo ni idea de cómo funciona la vida en este sitio. Pensé que sería como cualquier otra misión, pero esto... es distinto —dijo, observando el paisaje.

Marina sonrió con suavidad, por primera vez viendo a Alex sin su fachada de agente secreto.

—Bueno, si quieres encontrar algo "interesante" en el pueblo, primero tendrás que aprender a ver las cosas como son —dijo, mirándolo—. ¿Listo para regresar?

Alex respiró hondo, mirando el descenso empinado que lo esperaba. Pero con Marina allí, de alguna manera, se sentía un poco más preparado.

—Más que listo —respondió, aunque su voz tembló un poco—.

De regreso en el pueblo, el vínculo entre Marina y Alex se había transformado sutilmente. A pesar de las risas y bromas que ella hacía a su costa, Alex había comenzado a ganar un poco de respeto en el corazón rural del lugar. Sin embargo, él no estaba dispuesto a soltar su fachada de "agente en una misión importante". Así que, en un intento de impresionar a Marina y quizás acercarse a su objetivo, la invitó a salir esa noche, aunque, por supuesto, lo describió como una "cita de investigación".

—Necesito a alguien que conozca a todos en este pueblo —dijo, esforzándose en sonar profesional mientras Marina lo miraba con una ceja alzada—. Para la misión, ya sabes.

—Oh, claro, la misión —respondió ella, conteniendo una sonrisa—. Bueno, agente, en este caso, creo que deberíamos ir al baile del pueblo. Habrá mucha gente y podrás escuchar todos los rumores locales, esos que viajan "más rápido que mi cuatrimoto", como dijo Don Julián.

—Perfecto —respondió Alex, aunque su plan no había incluido mezclarse en una fiesta local—. Un baile suena... estratégico.

Esa noche, Alex apareció en la plaza del pueblo vestido con su mejor chaqueta y los vaqueros menos sucios que había traído. Al llegar, se encontró rodeado de luces, música en vivo y un aroma delicioso a tapas locales que le hizo olvidar, por un momento, que estaba allí por una "investigación". Marina llegó poco después, y Alex se quedó sin palabras. Ella llevaba un vestido sencillo pero elegante.

—¿Impresionado? —preguntó ella, notando la mirada atónita de Alex.

—Sí, quiero decir... estás... muy profesional —respondió él, tratando de no parecer nervioso.

El baile comenzó, y Alex intentó concentrarse en su misión. Marina le presentó a varias personas, desde agricultores hasta la señora que dirigía la tienda del pueblo y conocía cada secreto que se susurraba en la comarca. Sin embargo, cuanto más avanzaba la noche, menos "profesional" se sentía su misión, y más difícil le resultaba apartar la atención de Marina.

En un momento de la noche, mientras estaban cerca de la pista de baile, una canción animada empezó a sonar, y sin previo aviso, Marina lo tomó de la mano.

—Vamos, "agente encubierto", seguro que sabes bailar, ¿no?

Alex intentó seguirle el ritmo, aunque estaba claro que Marina se movía con una soltura que él apenas podía igualar. Sin embargo, algo en aquel momento lo hizo relajarse. Por unos minutos, dejó de pensar en su "misión" y se entregó al ambiente, riendo con Marina y compartiendo miradas que parecían ir más allá de la simple diversión.

Cuando la música se calmó y ambos se apartaron un poco de la pista, Alex, sintiendo que aquel momento lo invitaba, se atrevió a preguntarle algo que llevaba tiempo en mente.

—¿Y tú? ¿Alguna vez has pensado en salir de aquí, en vivir una aventura... diferente? —preguntó.

Marina lo miró, contemplando el paisaje familiar de su pueblo a la luz de las estrellas, y luego volvió la vista a él.

—Creo que este lugar me ha enseñado más sobre aventuras de lo que podrías imaginar, Alex. No siempre se trata de ir lejos o de perseguir algo peligroso. A veces, la verdadera aventura está en aprender a amar lo que tienes, en descubrir los secretos que ya tienes cerca... aunque algunos lleguen con chaqueta y digan que son agentes secretos.

Alex sonrió, y en ese instante, se dio cuenta de que tal vez su "misión" era una excusa para estar allí, y que quizás había encontrado algo más valioso en medio de aquel pueblo tranquilo.

La noche se alargó entre risas y confesiones. En un momento de descuido, Alex comenzó a contarle a Marina más sobre su vida en la ciudad, sus sueños, y la absurda serie de eventos que lo había traído a una misión en el campo. Para cuando los primeros rayos del amanecer empezaban a asomar, ambos se sentían más cercanos, como si aquella "investigación" los hubiera llevado a descubrir algo más importante: el uno al otro.

Mientras caminaban de regreso hacia la plaza, Alex, mirándola con sinceridad, dejó caer una confesión.

—No sé si encontraré lo que vine a buscar, pero... estoy seguro de una cosa: he encontrado algo mejor.

Marina lo miró, sorprendida, y le dio una palmadita en el hombro.

—No tan rápido, agente. Todavía te queda mucho por aprender de este pueblo... y de cómo evitar caer en charcos de barro.

Los días siguientes, Alex y Marina continuaron explorando el pueblo y sus alrededores, con Alex cada vez más integrado en la vida rural. Él seguía fingiendo que su misión era algo ultrasecreto, pero con cada nuevo encuentro y cada paseo en moto por los caminos polvorientos, su supuesto profesionalismo se diluía, convirtiéndose en algo más cercano a una aventura personal.

Una tarde, mientras ambos descansaban bajo un olivo tras una de sus "expediciones" al campo, una extraña figura apareció en el horizonte. Era un hombre alto y delgado, vestido de negro y con unas gafas de sol enormes que parecían fuera de lugar en aquel paisaje soleado. Al verlo acercarse, Alex se enderezó, intentando mantener la calma mientras pensaba que su tapadera quizá estaba a punto de ser descubierta.

—¿Quién es ese? —preguntó Marina, al ver que el desconocido se dirigía directamente hacia ellos.

—No tengo idea... pero tengo un mal presentimiento —murmuró Alex.

El hombre llegó hasta ellos, y sin apenas presentarse, sacó una pequeña libreta y comenzó a anotar algo mientras miraba fijamente a Alex.

—Agente Alex Rivera, ¿cierto? —preguntó en un tono seco, ignorando a Marina.

Alex tragó saliva. Su verdadero apellido apenas lo conocían unas pocas personas. Quiso responder con calma, pero su voz salió un poco temblorosa.

—Así es… ¿quién pregunta?

—No te preocupes, solo soy un mensajero, dijo el hombre sonriendo con una seriedad inquietante. Alguien importante quiere verte. De inmediato.

Marina, sin entender del todo lo que estaba pasando, intervino, plantándose frente al hombre y mirándolo con suspicacia.

—Mire, señor, sea quien sea, aquí Alex no tiene "citas" importantes sin mi permiso —dijo con una firmeza inesperada—. ¿De qué se trata esto?

El hombre suspiró, guardando su libreta en el bolsillo y sacando una credencial oficial con el logotipo de una agencia que Alex reconoció de inmediato. Su "misión" secreta estaba comenzando a volverse más real de lo que esperaba.

—Lo siento, señorita —dijo el hombre, inclinando la cabeza—. Esto es confidencial. Pero si insiste en saber, su amigo aquí fue asignado a una investigación que ha cobrado una importancia mayor de lo previsto. Necesitamos que se reúna con el equipo, y eso incluye ahora a cualquier civil con quien haya tenido contacto.

Alex y Marina se miraron, sorprendidos. Alex tragó saliva antes de tomar la palabra.

—¿Significa esto... que realmente hay una misión aquí? —preguntó Alex, mezclando confusión y sorpresa.

El hombre de negro asintió.

—Por supuesto. Los datos que enviaste a la central son correctos: ha habido movimientos sospechosos en la zona, y creemos que se trata de un contrabando organizado de especies protegidas. Al parecer, el lugar es una ruta clave entre el Mediterráneo y el norte. Lo que pensabas que era un simple error... resulta ser un caso serio.

Marina, aún sorprendida, miró a Alex con los brazos cruzados, reprimiendo una sonrisa que mostraba más que sorpresa: un pequeño rastro de respeto.

—Así que, al final, no eras tan "torpe", después de todo —le dijo, lanzándole una mirada curiosa—. ¿Y bien, agente Rivera? ¿Qué sigue ahora?

Sin dejarse intimidar por el repentino giro, Alex esbozó una sonrisa, ocultando el desconcierto que realmente sentía. Tal vez esta era la oportunidad que había estado esperando: resolver un caso real y, quizás, demostrarle a Marina que no era tan inútil como a veces parecía.

—Bueno, señor... —dijo, mirando al hombre de negro y respirando hondo—. Vamos a necesitar un plan... y un poco de ayuda local.

El hombre asintió, y miró a Marina con una expresión seria, pero también con un dejo de aprobación.

—Entonces, señorita, parece que su colaboración es necesaria. ¿Estaría dispuesta a ayudarnos?

Marina miró a Alex, suspirando como si estuviera asumiendo una responsabilidad que en realidad ya había asumido hace tiempo.

—Bueno... no se me ocurre alguien más capacitado para la misión en este pueblo —respondió, con una sonrisa que Alex no supo si era de apoyo o de pura diversión—. Pero, eso sí, a partir de ahora, mando yo. ¿Entendido, agente?

Alex, con una mezcla de alivio y nerviosismo, asintió, sabiendo que la verdadera aventura apenas comenzaba.

Esa noche, mientras el pueblo dormía en aparente calma, Marina y Alex, junto al misterioso hombre de negro, repasaban un plan en el bar de Don Julián. La misión secreta por la que Alex había sido llamado ahora era real, pero con un giro inesperado: la ayuda de Marina se había vuelto indispensable, y él tendría que confiar en su guía y habilidades, o enfrentarse a una misión rural que, para bien o para mal, prometía ser la aventura de sus vidas.

Bautismo de dos ruedas

—Juan Ignacio Ferrándiz, Madrid —

De pronto, se abrió la puerta de clase y un señor con una camiseta negra que tenía estampada una calavera, alzó sus gafas de sol y nos miró a todos, como buscando. La seño dejó lo de la pizarra, con la tiza en la mano se giró y lo miró con la boca abierta sin palabras. Tan extrañada como todos. Dábamos las restas, sin llevar, claro. Botas altas de cuero, un pañuelo en la cabeza y una barba de chivo que le bajaba como un triángulo. Casi no le había dado tiempo a la seño a preguntar, *¿qué desea?*, cuando, sin mediar palabra, me señaló, caminó entre pupitres con los *choncle, choncle* de sus tacones y al llegar a mi altura me dijo, *vamos Diego*, cogió los libros y los cuadernos de encima de la mesa, los metió sin cuidado en mi mochila del unicornio, me levantó, y me sacó de clase con todos murmurando.

La seño gritaba y él dijo: *soy su padre*. Hizo resbalar sus gafas hasta la punta de la nariz y enseñó su DNI y una antigua fotografía familiar en la que yo era un bebé y figurábamos los tres. Me fijé y tenía mis mismos ojos verdes.

Me acordaba de su cara. No sé por qué, pero me acordaba. Mi madre nunca me hablaba de él. Había quitado todas las fotos, pero yo por entonces ya intuía que tenía padre, como los demás de clase, porque alguna vez había escuchado a mi madre mencionarlo en cuchicheos bajitos con mi abuela cuando creían que yo estaba jugando en mi habitación. Cada vez que hablaban de él yo escribía en mi cuaderno secreto las palabras que decían porque sabía que no querían que lo oyera. *Golfo, sinvergüenza, vividor, rata, parásito* (aquí había escrito "paratiso"), irresponsable ("inresponsable") y *desgraciado*.

Si yo le preguntaba por él a mamá, ella me decía: *tú no tienes padre*. O también: *está muerto donde esté*.

Cuando llegamos donde la moto, metió mi mochila en un compartimento que cerró con llave y sacó un casco para mí. *Para ir donde vamos debes ponerte esto*, y me ayudó a ajustarlo mientras me sentaba detrás de él.

—Agárrate fuerte.

Fueron varias horas de viaje desde Madrid, donde vivíamos, en dirección siempre hacia el norte. Yo estaba cansado, pero resistía, porque poder sujetar de la cintura a un padre que no tenía era como asirse a algo imposible, como agarrar a un fantasma y sentir debajo de su sábana una nervadura, una consistencia que inquieta y asusta, pero que no sueltas temiendo que, si lo haces, se disolverá en el aire como una voluta de humo. Paramos en un pueblo del camino y me dejó beber *Coca Cola*, comer *Gusanitos*, sentarme un poco delante en la moto, junto al manillar, como si yo la condujera.

—Puedes hacer lo que quieras, pequeño.

En una gasolinera del trayecto se paró a llamar por teléfono. Tardó un buen rato. Yo solo oía desde fuera sus gritos y cómo aporreaba los cristales de la cabina. *Mamá, seguro*, pensé.

Volvimos a montar en la moto y seguimos el largo camino. Cuando empezaba a estar harto, después de un buen rato, se desvió de la carretera. Tras avanzar campo a través llegamos a la orilla de un río. Me bajó. El sol de mayo nos tenía empapados de sudor y las chicharras, ruidosas, serraban todo el rato lo que quiera que sierren los días de calor.

—Nos vamos a bañar — me dijo, mientras se quitaba la ropa.

—Pero yo no tengo bañador—le opuse. Me miró bien, por primera vez que yo supiera.

—Aquí no nos hará falta. No hay nadie.

Estuvimos un buen rato salpicándonos, buceando. Me cogía y me tiraba. Se sumergía y pasaba debajo de mis piernas. Me enseñó a bucear agarrando mi nariz con los dedos.

Después de mucho tiempo, salimos a la ribera y nos tumbamos al sol para secarnos.

—¿Sabes Diego? Esto ha sido nuestro bautismo.

El sol se colaba entre los álamos y yo ponía el brazo para taparme los ojos.

—¿Qué es bautismo?

Él se incorporó un poco y sonrió.

—Es cuando uno se mete en el agua para limpiarse y sentir que algo nuevo entra en su corazón para siempre.

Nos quedamos en silencio un buen rato en el que yo intentaba asimilar esas palabras.

Ya era media tarde cuando volvimos a emprender el viaje. Hacía ya mucho que habíamos dejado atrás Madrid, con un enjambre de coches por todas partes y sus edificios como gigantes en el horizonte. Yo deseaba llegar. Por fin, nos salimos de la autovía y tras una rotonda había un cartel que indicaba "Cerezo". Un pueblo a lo lejos, más allá de las extensiones de praderas largas y de cereal, que mostraba sus modestos edificios de piedra rodeando la torre de una vieja iglesia. Un lugar muy diferente a los que conocía. Siguiendo una carretera más estrecha y llena de baches llegamos a una casa grande, un poco apartado del núcleo del pueblo. En la moto, los cortos acelerones nos enfrentaban a una brisa suave y aromática, y una tibia sensación de libertad, de lejanía del mundo, me producía un cosquilleo.

Aparcamos en uno de los laterales de la casa y de ella salieron hombres, mujeres y niños sonrientes a saludarnos. Ligeros de ropa, como despreocupados de todo. Una tal Lidia con flores en el pelo se colgó de la cintura de mi padre y lo besó. A mí me instalaron en una habitación muy amplia de paredes desnudas con varias camas donde estábamos los niños. Por la noche comimos todos juntos fruta y alrededor de una hoguera estuvieron hablando de gente que no conocía.

Las chicharras y las aves nocturnas no dejaban de susurrarnos desde la oscuridad. El aire cargado de fragancia nos perfumaba. Hubo un momento en que pensé que aquel sería mi hogar siempre.

Sin embargo, comencé a estar cansado y un agobio me llegó al verme alejado de mi madre. Los niños jugaban al escondite, pero yo no quería moverme. Empezaba a tener miedo y a pensar. Quería tener a mi madre allí mismo. Recibir su beso de buenas noches y sentir que estaba a unos palmos durmiendo cerca. Cuando me superó el sueño, mi padre me cogió y me subió a la habitación entre sus brazos. Soñé que mi madre se iba en una moto y se perdía en el horizonte mientras yo nunca sabría restar. Restar era lo más importante.

Por la mañana, cuando desperté, los demás niños aún continuaban durmiendo. Salí de aquel cuarto y busqué a mi padre. Por fin lo encontré en un pequeño huerto con alguno de los mayores. Vino hasta mí sonriendo

—Yo no quiero estar aquí —le dije.

Me tocó la cabeza y me dio un beso.

—Yo. No. Quiero. Estar. Aquí —repetí. Sus ojos se marchitaron con una tristeza infinita.

Ha pasado una eternidad. Cuando lo pienso siento como si no hubiera pasado de verdad todo aquello. Me cuesta acordarme de los detalles más concretos porque se esfuman mis recuerdos. Apenas vagamente aparezco en ellos yo llevado por mi padre con un guardia civil junto a él. Mi madre esperando de pie, llorando desesperada recibiéndome entre sus brazos y apretándome hasta casi asfixiarme. También aparece en mis pensamientos el momento de la despedida. Yo montaba en un coche, me puse de rodillas sobre el asiento, me giré y miré hacia atrás por el cristal delantero. A lo lejos, haciéndose cada vez más pequeña según avanzaba el vehículo, la figura de mi padre, moviendo la mano para despedirme disolviéndose en los campos que lo rodeaban.

Si me pongo a pensar, me doy cuenta de que mis padres solo estuvieron juntos delante de mí en este momento de esta historia. Ahora soy adulto y puedo comprender que las personas tienen razones poderosas para alejarse, pero entonces, de rodillas en el asiento, yo no quise devolverle el gesto con la mano a mi padre, porque en el fondo pensaba que no debía despedirme de él. De niño uno no piensa que las cosas pueden perderse para siempre.

He esperado mientras lo vestían. La tele reverberaba junto a las mesas circulares rodeadas de sillas de ruedas varadas con ancianos inertes. Al final ha llegado hasta mí después de avanzar por un pasillo tardando un millón de años. Hemos salido de la Residencia. Hemos dejado su andador en la puerta y del brazo lo he llevado hasta mi moto.

—¿Dónde vamos, hijo? —me pregunta fijando en mí esos ojos verdes velados, con su cuello de galápago, su cuerpo *palilludo* como el de un saltamontes, y las vetas de sus arrugas.

Lo miro y pienso en el tiempo perdido, en el pasado fugaz y en el futuro exiguo. Tantas cosas que separan a las personas, tantos años que podrían haber sido de otra manera.

—A bautizarnos —respondo, mientras le monto con su casco detrás de mí en la moto, arranco, y tomo la dirección hacia

Serena

—Lucas Matías Carreño, Córdoba (Argentina) —

El campo era diferente a cómo se solía creer; la falta de luz daba lugar a que todos los tipos de oscuridad hubieran aparecido y, obviamente, yo también era una especie de oscuridad. Mi motocicleta siempre fue mi mejor arma y única amiga, dado que los humanos eran muy frágiles e inútiles. Solamente amaba a mi "Tornado"; una moto marca *Honda* capaz de haberme llevado a los lugares donde Dios no existía y únicamente existíamos el diablo y yo (éramos parecidos). Tornado fue un regalo de papá, él no me quería comprar una camioneta porque decía que iba excesivamente rápido, pero tampoco me podía regalar un auto, eran pocas las calles asfaltadas y se necesitaba de un vehículo capaz de haberse movilizado por todo terreno, a fin de así haberse podido transportar eficientemente entre los pueblos, las sierras y los campos. Demasiado dinero era el que tenía mi progenitor y demasiado poco era lo que él me daba, un avaro al que no podía engañar como solía hacer con los demás.

Nunca me mostraba como realmente era, de así haberlo hecho, todos se habrían alejado de mí; por lo que, fingía una personalidad amable y bondadosa frente a los criollos que se encontraban cerca de nuestros terrenos. Ellos me admiraban; era un tipo apuesto, alto, rubio y de ojos claros; básicamente, mi apariencia contrastaba drásticamente con la apariencia física de los habitantes que eran descendientes de aborígenes o, a lo sumo un pequeño y raro grupo era descendiente de españoles; sin embargo, yo era descendiente de un terrateniente italiano que había usurpado los campos de los aborígenes que solían habitar anteriormente y el gobierno de Roca avaló a mi bisabuelo para que este se pudiera quedar con los terrenos. Antes se creía, y se sigue creyendo, que la piel blanca es un sinónimo de civilización y evolución; por esta razón, tal presidente decidió avalar la usurpación de mi bisabuelo italiano y desestimar el derecho de los aborígenes autóctonos. De esa forma, se creía que se iba a civilizar al campo, a fin de que luego este fuera el motor económico del país; así fue, mas en el medio se mataron demasiados negros e indios; mientras se poblaba con gente blanca dichos terrenos, en afán de que así estos fueran trabajados con técnicas y tecnologías europeas. Yo era uno de esos argentinos descendientes de europeos y los criollos y aborígenes pueblerinos me amaban, aunque no entendían la causa por la cual mi color de piel y de ojos era diferente, únicamente comprendían que era atractivo porque me parecía a los actores de las películas estadounidenses que ellos veían en el cine. Solamente los adultos mayores conocían lo que había sucedido; debido a que, ellos sí se habían dignado a estudiar la historia, pero mis contemporáneos no lo sabían (muchos nunca quisieron estudiar y otros nunca tuvieron la oportunidad de tocar un libro, debían trabajar si deseaban comer). De cualquier manera, las mujeres de los diferentes poblados me amaban, gracias a que era el hombre más atractivo de la zona; por lo cual, mi moto era el único medio de transporte que tenía si quería visitar mis diferentes novias, mismas que vivían en diferentes pueblos.

Mi casa era una gran mansión rodeada por los campos de soja que mi padre había heredado y algún día yo iba a heredar (o eso pensaba), pero para eso todavía faltaba mucho; mi padre siempre tuvo un estilo de vida saludable y yo pensaba que todavía le quedaban unos veinte años más de vida, ya que todos los días corría y además era vegetariano. Tal vez, pensé en buscar alguna forma de deshacerme de él, me hubiera gustado tener más dinero en aquel entonces; el avaro de mi padre no me daba más que una motocicleta y unos pocos pesos que supuestamente eran con el fin de que me hubiese podido independizar (gastaba dicho dinero en gasolina y mujeres). No pensaba trabajar; eso habría bronceado mi blanca piel y eso habría hecho que mis azules venas se hubiesen convertido en venas verdosas, mismas que habrían roto el cuento del príncipe azul con el cual cautivaba a las pueblerinas con las que solía acostarme. Las mujeres se crían con las películas de "Disney", estas les enseñan que un "príncipe azul" las va a encontrar, amar y vivirán felices por siempre. Sin embargo, el término "príncipe azul" nace porque la nobleza en el medioevo aparentaba tener sangre de dicho color debido a lo blanca que tenían la piel y, a su vez, tal blancura se debía a que no estaban sometidos a los extremos trabajos agrarios bajo la luz del sol, mismo que bronceaba las pieles de los agricultores; por esta razón, yo debía de no trabajar. Si trabajaba, habría de destruir los cimientos sobre los cuales construía las trampas sobre las que luego las mujeres caían. Las mujeres y el casino eran la razón por la cual no era pobre, mi relación con mi padre sólo empeoraba con el pasar del tiempo, debido a que yo no cedía en mi postura de no trabajar y él no cedía en su postura de no darme dinero.

Todos los días tomaba mi moto y me dirigía al único pueblo en el que había un solo casino, muchas veces ganaba y las raras veces que no lo hacía, le pedía prestado dinero a alguna mujer con la que salía mediante alguna excusa barata, una vez le dije a una que me diera dinero porque se me había pinchado una goma de la moto y supuestamente me había olvidado mi billetera, por lo que la chica aceptó, me dio una suma demasiado grande, dado que ella desconocía el precio que tenían las ruedas y confiaba en la lealtad de mis infalibles ojos azules, pero nunca más la volví a ver y nunca le devolví su dinero. De esa forma, todos los días usaba mi moto para después usar el casino y finalmente usar a alguna mujer de algún poblado.

La zona donde vivía tenía muchos pueblitos cerca, cada uno rondaba entre los cien y siete mil residentes, habiendo sido el de siete mil el más grande y el mismo donde se situaba el casino. Mi moto era el único medio que podía transportarme, mi padre no me prestaba ninguna camioneta y solamente había una calle asfaltada en la avenida principal de dicho pueblo, además de la ruta, mas me favorecía el hecho de que hubiera habido muchos poblados pequeños con distancia entre ellos; dado que, al haber muchos pueblos distintos, yo podía crear diferentes personalidades con las cuales ingresaba a los diferentes lugares, de esta manera nunca nadie terminaba de conocerme y así siempre era bien visto por los diferentes grupos de pueblerinos. En un pueblo era un chico bueno y adinerado, en otro era amable y sociable, en otro era un tímido que se animaba a hablar únicamente con la mujer de ese pueblecito y en el pueblo principal era el ganador. Ahí, en esa casi ciudad, yo era el ganador de mujeres que, a su vez, era "el terror del casino" (así me había apodado un viejo gitano que vio como no paraba de ganar en la ruleta). La trampa o, mejor dicho; "la viveza", esa era mi aliada y mejor amiga, les daba bolsones de soja a los trabajadores del casino (bolsones que robaba de la cosecha de mi padre); de esta forma, ellos a cambio me repartían buenas cartas, o adulteraban la ruleta poniendo imanes debajo de algún número específico que les indicaba y así obtenía el dinero que buscaba. Luego gastaba ese dinero en mujeres y alcohol y así se me pasaron diez años como si hubiesen sido diez días.

A esa altura de mi vida ya tenía veintiocho años, ya comenzaba a tener líneas de expresión en mi rostro, mi cara ya no era la de un joven inexperto, aunque me había vuelto experto en las mujeres, el juego y, sobre todo, experto en la manipulación. Podía obtener todo lo que quería si mi moto estaba conmigo y ese día no iba a ser la excepción (o eso creí). Recuerdo que ya había empezado a tener graves problemas de alcoholismo y era incapaz de empezar mi día sin una cerveza o un café con un poco de whisky, además necesitaba de esa energía para poder soltarme y tener la labia suficiente a la hora de hablarle a una mujer o a la hora de saber cómo apostar. Generalmente me despertaba alrededor de las cinco de la tarde y me acostaba en algún momento pasada la mañana cuando el sol ya molestaba demasiado con su presencia. Creo que justo ese preciso día había madrugado porque me acuerdo que al mirar el reloj noté que eran las tres de la tarde; es decir, todavía me correspondían dos horas más de sueño, pero me sentía con ganas de despejarme y olvidarme del mundo, dado que justo ese mismo día también se cumplían diez años de la muerte de mi madre. Fue en ese preciso instante cuando comencé a beber y apostar diariamente; el juego me distraía de la pesadez que significaba pensarla y el alcohol callaba mi cabeza cuando los recuerdos y los pensamientos me torturaban.

Ese día salí de mi casa y los agricultores que trabajaban la soja estaban teniendo problemas con los tractores y los fertilizantes, igualmente no les di importancia ni busqué una forma de solucionar dicho problema, para eso estaba mi padre, aunque no lo había visto tampoco, si bien era normal porque la casa era tan grande que podríamos haber convivido todo el día dentro de ella sin habernos cruzado en ningún segundo, mas siempre y, de alguna manera, llegaba a notar su presencia, ya sea su perfume, o su ropa tirada, o algo que él hubiese desordenado. Recuerdo como la casa dejó de ser un hogar cuando mi mamá murió y simplemente se convirtió en un espacio donde cohabitábamos los dos sin intercambiar el más mínimo diálogo. Tampoco le di mucha importancia ni seguí pensando en el tema, el día anterior les había dicho a dos chicas de dos poblados diferentes que las iba a visitar y debía cumplir con mi palabra. Para la mayor (de unos treinta años) yo era un hombre maduro, sereno y centrado que buscaba establecer un noviazgo en vísperas de luego casarse y para la menor (de unos veinte años) era un chico malo, rebelde y sumamente atractivo. A cada una le ofrecía lo que su subconsciente le demandaba; la seducción y la manipulación iban de la mano con la ley de oferta y demanda (o eso creía). Yo era físicamente atractivo desde el punto de vista de ambas; pero y con el fin de, haber podido atraer emocionalmente a cada una, debía ofrecerles lo que ellas no sabían que demandaban. La mayor desconocía que quería un vínculo estable; por otro lado, la edad ya la había comenzado a golpear y la sociedad que ella integraba ya pretendía un casamiento, en afán de que así no hubiese quedado catalogada con la dolorosa fama de "solterona", ya que eso significaba que ningún hombre la habría deseado, o significaba que su mera presencia era un problema del cual ningún hombre habría deseado encargarse. Por el contrario, la menor desconocía que quería una aventura, pero era joven, bella y no precisaba de un vínculo estable todavía, su pequeño grupo social no se lo exigía por el momento, creí que seguramente le habría atraído una personalidad fuerte, rebelde y ciertamente malvada porque su vida era muy monótona y aburrida; por lo cual, ella seguramente pretendía (inconscientemente) a un hombre que le hubiera fracturado la monotonía de su vida y también hubiese movilizado su lado emocional, habiéndola sometido así a la adrenalina de una montaña rusa de emociones que toda joven inexperta adora sin saberlo (los amables chicos buenos contemporáneos de su pueblo no le ofrecían lo que su subconsciente le demandaba); la bondad y la amabilidad sólo promovía la monotonía con la cual ella ya vivía en su cotidiano trabajo agrario. Básicamente; para una era su príncipe azul y futuro esposo, mientras que para la otra yo era el único hombre capaz de haber movilizado su oscuro y real lado emocional.

Recuerdo hasta el día de hoy como tomé mi moto y empecé el día. El campo se encontraba hermoso, la soja había crecido increíblemente en un tiempo récord, gracias a los nuevos y baratos fertilizantes que habíamos traído desde China, eso significaba que mi padre iba a tener buenas ganancias con esta cosecha. Tomé una lata de cerveza y al abrirla pude escuchar el clásico sonido que se efectuaba cuando se abría una, ese era el sonido de un paraíso. Las sierras a lo lejos me mostraban la belleza de la zona rural donde habitaba; estas supieron ser montañas, pero la erosión del viento, a través de millones de años, fueron cortando sus puntas. Podía ver, a lo lejos, las dos mesetas situadas en las cimas de dos sierras distintas, mismas donde estaban las dos mujeres distintas a las cuales iba a visitar aquel día, primero iba a ir con la mayor y después pensaba visitar a la joven; ya que creí que el atardecer iba a ser el plan perfecto para una cita romántica con la mayor y la luna iba a dar lugar a la aventura que la joven seguramente hubiese preferido, aunque ella no lo sabía.

Ese día me subí encima de la moto y emprendí el viaje que cambiaría mi vida. Primero tuve que pasar por un camino de tierra que habíamos diseñado para que los tractores pudieran pasar entre los campos de soja, después tomé la ruta, me encantaba la ruta porque, salvo la avenida del pueblo principal, era el único camino asfaltado por el cual podía acelerar sin problemas, ahí no había ningún policía que hubiese custodiado los límites de velocidad, dado que los pueblerinos solían tener pequeños autos o motos que no podían ir rápido, pero mi moto podía alcanzar los ciento cincuenta kilómetros por hora sin problema. La adrenalina de acelerar con una cerveza encima, la adrenalina del juego, la adrenalina de las mujeres; todo eso era lo único que me motivaba a vivir la tóxica vida que yo llevaba adelante hasta ese instante. Aceleraba cada vez más y la moto nunca me traicionaba, confiaba más en ella que en cualquier mujer u hombre de ese rural e infernal mundo. Lamentablemente, el hecho de haber acelerado tanto, hizo que muy rápidamente hubiese llegado a la salida por la cual se entraba al poblado de la mujer mayor. Eso me apenó demasiado; ya tenía que terminar de disfrutar de la adrenalina que sentía a la hora de conducir mi moto, más la adrenalina de saber que iba a ver una mujer terminó por consolarme un poco.

El poblado se situaba encima de una meseta y no contaba con más de quinientos habitantes, ella era una mujer que ya cargaba con un estigma muy grande, a causa de que nunca ningún hombre la había tocado, o eso se comentaba entre quienes habitaban el pequeño e infernal pueblo. Los pueblerinos rumoreaban que ella era lesbiana, mas la verdad era que simplemente se trataba de una mujer muy centrada y madura; por lo que, le era imposible a un hombre común haber podido ingresar a su vida, si es que este no cumplía con la larga lista de pretensiones de la cual ella ni siquiera estaba enterada que tenía. Era la rara del poblado; pasaba sus días trabajando y leyendo, pero nunca interactuaba con nadie, solamente pude acercarme una mañana que la vi sentada bajo un árbol leyendo, yo había tomado demasiado la noche anterior, por suerte mi lengua patinó unos buenos versos de Pizarnik que parecieron haberles interesado; pues nadie en ese lugar conocía la poesía y mucho menos a Pizarnik. Ella se encontraba sentada bajo la sombra de un árbol, con su espalda apoyada sobre el tronco y sus manos tenían el poemario completo de la poetisa, poemario que vi de reojo porque lo que realmente me llamó la atención fueron sus grandes senos sobre los que apoyaba el libro. De igual manera, pude recitarle algunos versos que alguna mujer me había dicho alguna vez.

Yo no sé de pájaros,
no conozco la historia del fuego.
Pero creo que mi soledad debería tener alas.

Le recité ese poema que recordaba de una mujer anterior que también adoraba la poesía, la literatura nunca había sido de mi interés, pero por alguna razón desconocida ese poema me había golpeado el intelecto. En ese preciso instante, ella me miró a los ojos y me preguntó mi nombre, así fue cómo capté su atención y cómo comenzamos a hablar. Recuerdo como si fuera ayer; entré a su pueblo, pasé por enfrente de la iglesia que tenía una fachada española (la mayoría de los pueblos de la zona habían sido fundados por jesuitas españoles) paré un segundo frente a la hermosa construcción y me persigné; me daba miedo ir al infierno con la cantidad de pecados que había llevado a cabo en mi vida, aunque no era un verdadero creyente. El infierno era el único miedo que tenía en ese momento de mi juventud, mi padre era un católico devoto y me había instaurado la idea del castigo eterno como método para haber controlado mis cotidianas maldades y yo nunca pude desligarme de ese miedo.

Finalmente, seguí viaje y llegué a su casa, ella me esperaba en la puerta, una casa muy humilde, aun así, tenía cierto encanto particular; tal vez, era una humilde morada; no obstante, a diferencia de mi mansión, esta parecía ser un cálido hogar y no una mera casa donde cohabitaban humanos sin afecto. Yo quería llevarla a pasear y tal vez tener relaciones en algún campo desolado o algún motel de esos que abundan sobre las avenidas. Sin embargo, ella no quiso subirse directamente a mi moto y me invitó a pasar a su casa, a lo cual accedí, ya había llegado hasta ahí y tenía demasiado tiempo libre hasta la cita con la otra mujer. Al entrar noté que su casa era realmente acogedora, tenía una chimenea prendida con la cual calentaba el frío invierno que solíamos transitar en los campos, así que me quité la campera y me senté en una silla, mientras ella se ofreció muy amablemente a traerme un café y asentí con la cabeza. Una sala de estar donde las paredes denotaban como la humedad las había impregnado, mas ese olor a humedad, combinado con el olor a café y el olor a leña quemada, me hicieron sentir extrañamente cómodo. Nunca había experimentado la sensación de haber habitado un hogar desde que mi madre murió. Mi mamá fue la única mujer que realmente me amó y me protegió y, desde el día en que ella falleció, me la pasé tratando de encontrar dicho exclusivo amor en las mujeres con las que me acostaba, pese a que exclusivamente encontraba relaciones casuales sin afecto. En consecuencia, creí que el amor no era mi destino; por lo cual, simplemente acepté que tal vez mi destino era haber sido un gran mujeriego que hubiese utilizado a las mujeres como medio para satisfacerse. Muy por el contrario, en ese instante me encontraba viviendo algo que me hizo recordar mucho a mi madre y tal escena hizo que desde mis lagrimales comenzaran a derrapar lágrimas que no pude controlar. Ella se me acercó por detrás sin que lo hubiese notado y me abrazó, no le importó la razón por la cual lloraba, me abrazó y nunca antes alguien me había abrazado desde la muerte de mi mamá, por lo que no pude contenerme y lo que en un principio fue un simple lagrimeo, terminó por convertirse en un llanto desconsolado. Nunca antes había llorado frente a una mujer que no hubiese sido mi madre porque sabía que, si lloraba en frente de alguna mujer, entonces esa mujer me habría considerado un hombre débil y, por lo tanto, esta habría perdido su interés en mí (a ninguna mujer le atrae un hombre débil que no las pueda contener). Recuerdo como lloraba desconsoladamente, a la vez que una mujer me abrazaba y me sentía tan imbécil e impotente que solamente atiné a llorar cada vez más, mientras ella sólo me abrazaba cada vez con más fuerzas. Terminó de abrazarme sin preguntarme la causa por la cual había llorado, pero se quedó a mi lado mirándome y, mientras me miraba, yo pude ver sus hermosos ojos café que combinaban con el café que me había servido. Su pelo era del color tierra al cual estaba acostumbrado a ver, aunque este era único, brillaba como únicamente ella parecía poder hacerlo y tenía impregnado un cariñoso olor a leña en ella. Nunca me había sentido tan cómodo en un espacio que no fuera mi moto, ella parecía ser diferente y única.

De repente, se alejó de mí y me dijo que iba a ir al baño, así que simplemente me quedé sentado, tomé unos sorbos de café y refregué mis ojos con mis manos. Se tomó un tiempo bastante largo dentro del mismo, tal vez este tenía algún tipo de problema, mismo que la hubiese demorado, capaz su inodoro perdía agua, capaz el pozo donde se depositaban luego las heces estaba rebalsado y no podía costear un camión que desagotara el mismo. De todas formas y, luego de un buen rato, ella apareció junto con un hombre mayor que desconocía, me lo presentó muy amigablemente y me dijo que era su padre y cuando lo saludé, él me preguntó si yo era el novio de su hija. Me acuerdo como me quedé en blanco y completamente paralizado, nosotros no habíamos oficializado ninguna relación y tampoco lo había hecho jamás con ninguna mujer con la que me hubiese relacionado, más ella sonrió y le dijo que yo era su prometido.

Ahí me quedé petrificado, ella le había dicho que yo era su prometido, nunca había tenido esa intención con ninguna mujer, pero por alguna extraña razón tampoco me molestó que lo hubiese dicho. Mi corazón comenzó a latir más aceleradamente y mis manos comenzaron a temblequear, ya que no sabía cuál iba a ser la reacción del hombre que me había visto por primera vez y, para colmo, creía que me iba a casar con su hija. El viejo me miró de arriba abajo y noté que encima de su cinturón tenía un bulto demasiado evidente, él tenía una pistola encima, su mirada me penetró y traspasó mis azules ojos, como si este hubiese estado mirando el fondo de mi alma y en ese instante deseé desde el fondo de mi pecho que no hubiese podido observar la oscuridad que se engendraba desde mi inerte espíritu; debido a que, si hubiese podido ver mi gran oscuridad, habría disparado sin dudarlo ni un segundo. No obstante, sus ojos comenzaron a vidriarse, estos tomaron un peculiar brillo que rápidamente se convirtió en un pequeño lagrimeo y procedió a abrazarme, mientras podía sentir sus brazos rodeando mi espalda, nuestros corazones latieron de una forma acelerada, aunque extrañamente al unísono y su pistola chocaba contra mi cadera.

Nunca antes me había abrazado con un hombre, dado que nunca tuve amigos con los cuales me hubiese podido abrazar en algún momento de mi vida ni tampoco nunca me había abrazado con mi padre, toda esa escena tan emotiva hizo que en menos de unos minutos ya hubiese querido a ese sujeto como a un pariente. Él me invitó a tomar asiento, nos sentamos los dos y comenzamos a charlar, mientras mi entonces prometida le preparaba un café a su padre. Este me contó, con lágrimas cayendo sobre sus manos, que su esposa murió cuando su hija era tan solo una beba, por lo que fue muy difícil criar solo a una mujer. Me nació la curiosidad y le quise preguntar cuál había sido la causa del deceso de su esposa, mas no lo hice porque sabía que habría sido desubicado de mi parte. Al parecer, mi prometida siempre fue una chica problemática y desenfrenada que solamente causaba problemas hasta que un día este señor le regaló un libro. Desde ahí, todo cambió; ella calmó su mal temperamento, se dedicó al trabajo agricultor y se convirtió en una mujer serena y templada y, ahí fue cuando ella comenzó a hacerle honor a su nombre "Serena". Yo recordaba que su nombre empezaba con "s", no recordaba exactamente cuál era su nombre completo; sin embargo, no importaba, nunca fui de llamar a las mujeres por sus nombres y siempre las identifiqué en base a alguna característica física que las hubiese destacado del resto. En un principio, lo que me había llamado la atención de "Serena" eran sus tetas, a causa de que cuando me le acerqué por primera vez, mientras leía a Pizarnik, pude ver, desde un ángulo superior, su gran escote y fue esa la razón por la cual me tomé el trabajo de rememorar algún verso perdido en el fondo de mi cerebro. Todavía recuerdo la extrema verborragia de ese anciano, él me siguió hablando, pero me perdí viendo su blanco bigote, mientras desde su boca no paraba de nacer una catarata de palabras que me resultaron irrelevantes hasta que una de ellas me tomó por desprevenido y me paralizó; "cáncer".

"Cáncer". En algún momento de la charla surgió esa palabra, en un principio no pude descifrar bajo qué contexto lo había dicho porque no le había estado prestando la suficiente atención, tal vez hablaba del signo zodiacal, o tal vez hablaba de la enfermedad, mas no pude descifrarlo hasta que me contó la historia de su esposa. Ella había muerto de cáncer, al igual que mi madre, y en menos de un segundo me agradeció por salir con su hija, aunque no pude entender dicho agradecimiento, ya que era la primera vez que nos veíamos, él no me conocía, su hija le había dicho que estábamos comprometidos y, en vez de interrogarme con una mala cara (como cualquier padre normal hubiese hecho en la misma situación) me agradeció y me abrazó, mientras no paraban de nacer lágrimas desde sus lagrimales. Todo era una incógnita hasta que la palabra "cáncer" volvió a tomar relevancia dentro de la charla.

Serena había sido diagnosticada con la misma enfermedad que su madre. Todo tuvo sentido ahí, ningún hombre se le acercaba, nadie quería comprometerse con una mujer que pronto iba a morir, más a mí no me importó porque nunca había sido tan amado y bien recibido como lo habían hecho Serena y su padre. En tan poco tiempo me habían recibido e integrado como si yo hubiese sido un miembro de su familia. Serena vino con el café y al venir, notó como a mí se me habían contagiado las lágrimas de su padre, ella me abrazó nuevamente, lloramos los tres y así decidí quedarme sólo en este pueblo y, sobre todo, así decidí quedarme sólo con esta mujer hasta que la muerte de alguno de nosotros nos hubiese separado. Esa misma tarde tomé una decisión que nunca antes había tomado en mi vida, decidí que iba a casarme con esta mujer e ignoré a las demás. Dormí en la casa de ella, nunca más contacté con ninguna otra mujer y al despertarme, la llevé a la iglesia y nos casamos sin haber llevado a cabo ningún tipo de preparativo previo, dado que ella solamente tenía a su padre, el señor no tenía el suficiente dinero como para haber costeado una fiesta y yo no le iba a pedir dinero a mi padre tampoco. La besé bajo el altar y le juré amarla hasta la muerte y simplemente cumplí con mi palabra.

Hoy es martes. Se cumplen cincuenta años desde que nos casamos con Serena, se cumplen cincuenta años y un día desde que tomé una cerveza por última vez, ayer cumplí cincuenta años sin apostar, ayer también se cumplieron sesenta años desde la muerte de mi madre y hoy también se cumplen dos años desde que "Sere" partió. Ella logró superar el cáncer con el cual la habían diagnosticado hace medio siglo, más hace tres años un nuevo tumor reapareció y este realizó una metástasis que rápidamente le tomó casi todos sus órganos digestivos, por lo que luego de seis meses de una cansadora e interminable quimioterapia, decidimos dejar de luchar, con la intención de que pudiese vivir sus últimos seis meses en paz. Así fue, ella retomó la literatura, no pudo retomar el trabajo agrícola, aunque sí se dedicó al cuidado del bello jardín que ambos plantamos y también pudo cuidar y despedirse de los nietos que ahora yo cuido en la misma casa donde hace cincuenta años me comprometí a casarme. Abandoné la riqueza de mi padre, él también murió por cáncer, pude despedirme y arreglar nuestra relación, pero además me despedí de su riqueza; decidí donar ese dinero a diferentes organizaciones científicas que buscan encontrarle una cura al cáncer. Al parecer, los fertilizantes que utilizábamos en aquellos tiempos eran altamente cancerígenos, obviamente no lo sabíamos y así fue como todos los pueblerinos y agrícolas fueron cayendo cual piezas de dominó por culpa de esta misma enfermedad. Hoy todos los campos están contaminados por culpa de ese maldito fertilizante, salvo el jardín que mi difunta mujer plantó. Hoy a la mañana floreció una bella rosa, no es primavera y no había razón para que una rosa floreciera, la única razón era mi hija, la hija que Serena y yo tuvimos; ella se llama "Rosa" y creo que este es un regalo que mi mujer le hizo desde el cielo a mi hija. Ella está sufriendo mucho su partida y todavía no termina de llevar a cabo su duelo, así y todo, tampoco creo que alguna vez pueda superar la muerte de su madre, yo llevo sesenta años intentando superar la muerte de mi mamá; sin embargo, el amor no se supera y tampoco muere, el amor siempre sobrevive y convive con uno.

De cualquier manera, no pude seguir observando durante un largo rato la belleza de dicha rosa por culpa de mi nieto mayor, de ya dieciocho años, él estaba acelerando demasiado a mi vieja Tornado y yo debía frenarlo; ahora bien, cómo iba a frenarlo si a su edad lo único que hacía era acelerar y en este presente solamente podía encargarme de frenar la metástasis del cáncer que me había apoderado el mismo día que mi esposa falleció. Me queda poco tiempo, decidí no realizar ninguna sesión de quimioterapia ni terapia alternativa, debido a que mi destino ya había sido escrito; pero, además, me ganan las ganas de reencontrarme con mi amada y mi madre. Creo haber superado mi miedo al infierno porque creo haber remediado los pecados que cometí de joven, así que estoy seguro que Dios me dejará reencontrarme con Serena y mi mamá, mas tampoco me apuro en ir a visitarlas, dado que quiero abrazar un poco más a mis nietos y acelerar mi moto una vez más. Vivo feliz y espero serenamente poder volver a abrazar a Serena, aunque actualmente que estoy viejo, creo entender el poema que una vez le recité a aquella atractiva mujer. Los pájaros de la zona se refugian en el jardín que mi esposa plantó, el fuego de la chimenea calienta el alma de un hogar donde nunca hubo riquezas, pero siempre sobró amor y; sobre todo, los poemas de Pizarnik me dieron unas alas que me permitieron sobrevolar la soledad de haber sido diagnosticado con un maldito cáncer.

"Yo no sé de pájaros,
no conozco la historia del fuego.
Pero creo que mi soledad debería tener alas."

La Derbi Antorcha

—Víctor Fuertes Melón, León —

Aquel verano conocí a una chica que me desapuntó de la niñez. No es que fuera una *top model* ni nada de eso, pero era menos estrecha que las del pueblo y eso era suficiente para llamarla mi amor. No diré su nombre porque quizá hoy ya tenga niños, niñas, niñes y algún exmarido, de modo que será mejor dejarla en el anonimato.

Los veranos, cuando el trabajo en el campo lo permitía, los pasaba de verbena en verbena. Daba igual si había que ir a pie, en bici o haciendo dedo —aunque a nuestras madres no les hiciese mucha gracia—, pero para la vuelta, a veces, tocaban largas caminatas bajo el sol amarillento del amanecer.

Por aquellos tiempos ya me afeitaba todas las semanas. Las hormonas, en ebullición constante, nos empujaban a ir de fiesta en fiesta buscando alguna pobre chica que nos hiciera caso. En una de esas verbenas la conocí. Me puse algún año de más, me las di de bachiller y la cosa parece que funcionó, pero aquella noche la orquesta terminó sin conseguir ni el mísero triunfo de un beso. Así todo, mi amada y yo nos citamos al día siguiente en el mismo lugar para acabar lo que aún no había comenzado.

En la mañana todas mis neuronas estaban centradas en una sola cuestión: cómo trasladar a mis hormonas y a mí doce kilómetros ida y doce kilómetros vuelta. Era sábado, aquel pueblo seguía en fiestas pero nadie quería ir porque era el día grande en Pravia y todos irían allí.

A mediodía ya tenía suficientemente claro que sería el único del lugar en ir de nuevo al pueblo de mi amor. Realmente no me importaba, las hormonas me controlaban. A mí no se me había perdido nada en Pravia y mi amor me esperaba en la verbena.

Mi primera idea fue ir en bici. La opción no me agradaba mucho; ir en bicicleta por la carretera de noche no sonaba demasiado seguro. Además, la idea de que mi amada me viese llegar en bicicleta no terminaba de sonarme demasiado elegante y no podía exponerme a perder a mi amor por un motivo semejante.

Rogué a todo el mundo que viniese conmigo, aunque solo fuera para llevarme hasta allí, pero no hubo manera. Guardándome mucho para que no fueran con el cuento a mis padres, traté por todos los medios de averiguar si alguno de los mayores iría al pueblo de mi amor, pero nada, a media tarde tenía meridianamente claro que si quería volver allí solo tenía una alternativa: tendría que valerme de la Derbi de mi padre.

La historia de la Antorcha venía de lejos. Supongo que mi padre, en una especie de crisis existencial que tenía como eje la vejez, tras mil discusiones con mi madre, se había comprado una Derbi Antorcha rojo fuego. Nunca supe qué narices utilizó para convencerla, ni para qué querría mi padre una cosa como aquella, pero si de algo sí estaba seguro es de que jamás me la dejaría para ir a aquel pueblo. De hecho, no me habría dejado ni mirarla durante mucho tiempo por si se desgastaba prematuramente la pintura. No me dejaría a su hija predilecta, a la roja fuego y cuarenta y nueve centímetros cúbicos, ni ante una cuestión de vida o muerte.

Empecé a madurar el plan de forma meticulosa. Mi padre no era de ir a echar la partida, y los sábados, tras un coñac en el bar, volvía a casa, veía un poco la tele en la cocina y se acostaba sobre la una. Solo debía hacer como que me iba a Pravia con los demás, esperar agazapado en algún lugar cercano a que todos se acostasen en mi casa y sacar la Derbi del corral empujando hasta la calle sin que nadie se enterase. El asunto no sonaba mal. Al regresar haría lo mismo para dejarla en su sitio y nadie se enteraría nunca de nada.

Dicho y hecho. Así lo hice. Apostado en la calle, en cuanto mis padres apagaron la luz de su habitación, saqué la moto en el más absoluto silencio, con el cuidado de un cirujano que extrae un objeto extraño y me fui en busca de mi amada.

En el viaje de ida todo fue sobre ruedas, la excitación, en todo su significado, me embargaba y mi única preocupación era llegar bien peinado para mi amor. Al llegar, en un apartado del pueblo, me revisé la ropa y el pelo en el retrovisor. Cuando me vi a mí mismo con la moto rojo fuego, el motor ronroneando y el foco amarillo iluminando el suelo, me convencí a mí mismo de que mi entrada iba a ser triunfal y que mi amada caería irremediablemente rendida a mis pies.

Aparqué junto a la verbena, bajo una farola, para que todas las chicas me vieran llegar en mi Antorcha. Realmente no sé si alguna muchacha se percató de mi llegada o no, pero quien sí lo hizo fueron unos niños molestos que se acercaron a ver la moto.

–*Guajes, nun* se os ocurra tocarla –solté igual que papá–. Ni os acerquéis.

Los renacuajos se marcharon asustados y yo me dirigí al encuentro de mi amada, quien, fiel a nuestro amor de una noche, estaba esperándome allí.

–¿*Ye* tuya? –preguntó mi amor.

–Sí, más o menos. ¿Está bien aparcada ahí?

–Claro. ¿Qué le va a pasar? Aquí nunca pasa nada, *nun* te preocupes.

Al comienzo de la noche mi cuerpo solo tenía ojos para mi amor, pero conforme pasaba el tiempo uno de mis ojos, y en ocasiones los dos, vigilaba la Derbi de papá. No tenía ni un mísero duro que gastar, de modo que comenzamos a bailar y mis hormonas se movían por mí. Mi amor estaba preciosa. Todo hubiera ido de maravilla si no hubiera sido porque aquellos malditos guajes seguían rondando una y otra vez la moto. Yo no podía evitar echar un vistazo a la Derbi en cada giro de baile. Su cintura me atrapaba con una fuerza magnética imposible de vencer, pero los críos jugaban a algo entre los coches, y yo no era capaz de apartar la mirada de aquel peligroso juego. No paraba de pensar que si mi padre se enteraba que había cogido la Derbi me mataría, pero si además llegaba con el más mínimo desperfecto en su impoluta carrocería rojo fuego, mi padre me resucitaría para volverme a matar.

–¿*Llévasme* en moto hasta mi casa? –me dijo mientras terminaba el baile.

Sin decirle nada la tomé del brazo y aliviado por sacar la moto del centro de aquel juego malévolo de guajes, nos montamos en la Derbi. Nos detuvimos lejos de su puerta y allí descubrí que mi amor había asistido a más clases de latín que yo. No daré más detalles, no por ser caballero, sino porque mi cabeza, en aquel momento de gloria, no dejaba de pensar que al montar en ella me había parecido ver un rayón en el lado derecho.

Acabado el bautismo mi chica se perdió bajo su portal, arranqué y busqué una farola. Paré la moto bajo la luz amarillenta que emitía aquel cacharro y allí estaba: un rayón de un palmo con una bifurcación que formaba una gigantesca *Y.* Froté con la camisa. Probé con un escupitajo. Con la palma de la mano. Nada funcionaba. Una inmensa *Y* lucía flamante en la parte derecha del tanque.

Desesperado emprendí la vuelta. En el trayecto todo lo que me venía a la mente eran desastres. Tenía miedo de salirme y acabar en la cuneta. Comencé a pensar que pincharía. Que tendría una avería. Que una china golpearía el foco. El pavor a que la hija rojo fuego de mi padre sufriera algún daño más hizo latir mi corazón más rápido que mi encuentro amoroso.

Al llegar al pueblo detuve el motor al menos doscientos metros antes de mi casa. Empujé la moto y haciendo verdaderos milagros geométricos, acabé metiendo la Derbi Antorcha exactamente en la misma posición en que la había dejado mi padre. El mismo padre que me mataría al día siguiente.

Conseguí subir las escaleras y meterme en la cama sin que nadie me oyese llegar, y allí comenzó la noche más larga que jamás había tenido. La *Y* gigante daba vueltas en mi cabeza. Temblaba al pensar lo que ocurriría cuando mi padre se diese cuenta. Recé todo lo que sabía porque la marca fuese más pequeña de lo que me había parecido, pero en mi mente el rayón cada vez era más y más grande. Acabé durmiéndome entre terribles pesadillas de líneas y rayas junto a *guajes* de extrañas sonrisas y solo me desperté cuando mi madre entró en el cuarto.

—¡A cambiarse! ¡Si hay *tiempu pa la folixa, hai tiempu pa* la misa!

Todo me parecía una vil estrategia para hacerme sufrir, una terrible forma de crueldad. Estaba claro que toda la familia se había enterado y aquello lo estaban fraguando para castigarme. En mi cabeza lo único que me rondaba era saber cuándo asestarían el golpe.

Nos arreglamos para la iglesia y ni mis padres ni mis hermanos decían nada. Camino de la misa del domingo, mi padre no me miraba. Quería que yo confesase, que fuera yo quien lo dijera primero, estaba seguro.

La mirada de mi madre era más dura de lo habitual y mis hermanos correteaban sin hacerme ni la menor mueca.

En la iglesia, de rodillas, trataba de atender a don Severino, pero algo llamado conciencia, que en aquel momento creía que era el mismo Dios, me dijo que debía confesarlo todo. La *Y* no salía de mi cabeza. No fui capaz de prestar ni la más mínima atención en misa. Mi mente se hallaba en un juicio de valor sobre qué debía hacer. Estaba seguro que mi padre lo sabía. Que había visto el rayón. Que alguien habría visto su moto circulando de noche. Seguro. Seguro que lo sabía. Todo era un juego para mortificarme. No tenía otra, debía confesar.

Cuando terminó la misa, mi padre, como de costumbre, fue a tomar un vino. Yo corrí hacia el corral a revisar el rayón con la esperanza de verlo más pequeño que bajo la farola, pero la *Y* parecía haber doblado su tamaño. En el tanque de la Derbi Antorcha, cual medalla de guerra, lucía flamante una grandiosa *Y* de color del aluminio. No había nada más que hacer. Esperaría a que mi padre regresase y lo confesaría todo.

Apenas tuve un instante para preparar el golpe. El momento no tardó demasiado en llegar. Mi padre entró al corral. Me armé de valor y, dispuesto a confesar, dije:

—Papá, ¿*vistes* el rayón de tu moto? Pues...

—Ay *fíu*, no me hables de ello —me interrumpió papá—. Traigo un *disgustu*. *Nun* vi el arado, *movíla pa* atrás y... *Déxame fíu*. Hoy nun *toi* de humor.

El misterio del cobertizo

—Tomás Ávila García, Colombia —

Despierto abruptamente. Mi cuerpo se incorpora a gran velocidad y mis párpados se abren de golpe. No importa la cantidad de años que transcurran en esta granja, nunca podré acostumbrarme al estruendoso canto del gallo Felipe. Llevo la mano a mi pecho para sentir la infinidad de latidos que se produjeron por culpa del animal. Felipe es un gallo viejo, casi desplumado, que suele dormir en el punto más elevado del tejado; además, es fiel a su trabajo. No hay madrugada en la cual no nos despierte a todos.

—¡No tardes! —avisa el abuelo desde afuera.

Hoy es mi cumpleaños número quince, sin embargo, no parece ser un día diferente al resto. No es de extrañar. Cada cumpleaños guardo la esperanza de que las cosas cambien, anhelo algo distinto a lo que ya estoy acostumbrado. Cualquier cambio, relevante o insustancial, se agradece cuando la propia existencia está constituida por nada más y nada menos que la monotonía. Cruda, constante y aborrecible monotonía. ¿Alguna vez tendré la suficiente voluntad para escapar de ella?

Salgo corriendo de la habitación al mismo tiempo en que ajusto los botones de mi overol. Una de mis responsabilidades es el atuendo. El abuelo asegura que la vestimenta es importante a la hora de trabajar, no porque seamos de zona rural significa que debamos vernos sucios o desaliñados. Somos seres humanos, al fin y al cabo.

—¡Las gallinas! —exclama él.

De manera obediente me dirijo al corral. Esta tarea es sencilla, puesto que solo es recoger los huevos marrones y blancos mientras soporto uno que otro picotazo en las manos. También me encargo de alimentar a las gallinas y limpiar el excremento de las esquinas.

—¡Los cerdos! —es la nueva orden del abuelo. Su voz siempre tiene una exasperante tonalidad gruñona, como si fuera algún tipo de jefe supremo o mandatario extremista—. ¡Los cerdos! —repite desde la distancia.

Esta tarea no es de mi agrado. Los cerdos huelen mal y el terreno se halla repleto de lodo, estiércol y suciedad. Es difícil limpiar. Es difícil respirar. ¡No me gusta! Por otra parte, estos cerdos han sido criados para el consumo humano, y a pesar de saberlo, termino encariñándome con alguno de ellos. Aún recuerdo a Jorge, a Selene, a Rosa; e incluso recuerdo a Matías, una pequeña cría de cerdo que murió a las pocas horas de haber nacido.

Al concluir mi trabajo la voz del anciano hace presencia:

—¡El maíz!

Parece que hoy no es mi día de suerte. La cosecha de maíz no es una labor que se me suela ser otorgada, ya que implica demasiado tiempo y esfuerzo, mucha mano de obra. Es el abuelo, junto a varios compañeros, los que se encargan de recoger y almacenar el maíz; no obstante, en contadas ocasiones el hombre decide confiarme tareas imposibles con la intención de forjar mi carácter. ¿Ante sus ojos seguiré siendo un debilucho?

Aprovecho para tomar dos vasos de agua, y después, con la ayuda de una toalla pequeña, seco el sudor que se ha estado acumulando en mi frente y en mi cuello. La cosecha de maíz es el sitio más alejado de la granja. Voy a tener que caminar bastante.

—¡Rápido!

La exigencia del anciano provoca en mí una conocida sensación de malestar. Emprendo marcha hacia el campo de maíz. La brisa emerge desde el cielo para acompañarme en mi travesía, aunque, luego de un instante, la brisa se convierte en un viento colosal que eleva algunas hojas secas y flores marchitas. Sigo el trayecto del viento con la mirada. El conjunto de hojas y flores sube, luego baja, da varias vueltas y finalmente cae en un lugar inesperado.

—El cobertizo... —murmuro.

El misterioso cobertizo, así lo llamo yo. Es una estructura de madera ubicada en medio del campo, ha estado allí desde que tengo uso de razón. Cuando era niño, el abuelo me regañaba si decidía acercarme a fisgonear en aquel sector, también me regañaba si preguntaba al respecto, jamás comprendí el porqué de tanto enigma.

La puerta del cobertizo está rodeada por una oxidada cadena de metal, la cual fue asegurada con un candado igual de desgastado. Según el abuelo, ahí dentro no hay nada que valga la pena observar.

—¡No demores!

La imponente voz del hombre aterriza en mis oídos en forma de eco. Su demanda logra despertar la sensación de malestar que yacía oculta dentro de mí, pero, a diferencia de la anterior ocasión, el malestar se intensifica hasta convertirse en una profunda irritación. ¿Por qué actúa así conmigo? Yo me esfuerzo noche tras día, semana tras semana, y él simplemente no lo ve. Su actitud es agotadora. No solo su actitud, toda la granja es agotadora. Quiero algo nuevo, quiero experimentar algo emocionante que me permita darme cuenta de lo afortunado que soy al estar vivo. Claro, es eso. Quiero sentirme vivo.

Otra vez fijo la mirada en el cobertizo y una idea surge en mi cerebro con total espontaneidad. ¡Por supuesto! Yo tengo el poder. Yo puedo hacer que las cosas cambien, puedo cambiar el rumbo que está tomando mi vida. ¿Cómo no lo vi antes? A paso veloz me traslado al campo de maíz. En mi rostro se ha dibujado una sonrisa maquiavélica. Lo primero será completar las tareas pendientes, y después, como recompensa, me permitiré hacer algo totalmente emocionante. Algo que nunca imaginé posible.

Me despido del abuelo y apago las luces del interior de la casa. Debido a que la granja se sitúa en la mitad de la nada, los sonidos se pueden escuchar nítidamente, en especial cuando es de noche. Gracias a esto, soy capaz de percibir los ronquidos del anciano, aunque estemos separados por unas cuantas habitaciones. De puntillas ingreso a su cuarto. La silueta oscura del hombre es atemorizante, sin embargo, los ronquidos me recuerdan que sigue profundamente dormido. Me acerco al cajón que está en la esquina y lo abro. Encuentro las llaves. Las llaves están unidas entre sí por un círculo de metal, y cómo no tengo ni la menor idea de cuál sea la indicada para abrir el cobertizo, me veré obligado a llevármelas todas.

El pesado cuerpo del abuelo se mueve de improvisto. El rechinar de la cama hace erizar mi piel, así que no dudo en voltear hacia él. Falsa alarma, todavía duerme. Huyo de la habitación.

En el recorrido al cobertizo me doy cuenta de lo tonto que fui al salir sin abrigo. Las noches en la granja son gélidas, saturadas de ventiscas y humedad. ¿Por qué siento que mi sudor se trasforma en diminutos cubos de hielo? Apresuro la caminata para evitar fallecer de hipotermia. Ya frente a la misteriosa estructura ensayo las llaves una por una hasta dar con la correcta. Los segundos transcurren con tanta lentitud que en algún punto imaginé estar atrapado en un bucle temporal. El frío y la impaciencia son los peores aliados. Al cabo de un tiempo logro encajar una llave en el candado, la doy vuelta y las cadenas se desploman en el suelo. Por fin tengo acceso al cobertizo. Abro la puerta con desconfianza, temiendo hallar algo despiadado o peligroso. A simple vista no descifro el contenido, puesto que la luz de la luna apenas se cuela por las grietas de la madera.

Tomo aire y avanzo. El temblor de mis manos delata mi nerviosismo, aún no creo lo que estoy haciendo. Mis ojos se acostumbran a la oscuridad, por lo que una extraña figura comienza a presentarse delante de mí. Es un objeto, uno muy grande. No, es una máquina, una muy pequeña. No, es un vehículo. ¡Claro! Es el mismo vehículo que observé hace varios años en unas revistas polvorientas que el abuelo me hizo tirar. Una motocicleta, así se llama.

¿El anciano ha estado ocultando una motocicleta? ¿Por qué? ¿Cuál es el motivo?

Estando frente al vehículo, extiendo mi brazo derecho con la intención de palpar su superficie. En el instante en que toco el asiento, algo rarísimo ocurre. Las luces de la motocicleta se encienden e iluminan la totalidad de la zona. El motor empieza a temblar al igual que un tractor en plena labor. El silencio nocturno es reemplazado por un ruido alarmante, el claxon. Puedo jurar que incluso vi a la motocicleta moverse unos centímetros. Todo sucede repentinamente, en pocos segundos y de forma simultánea. Mi única reacción es escapar. Salgo corriendo del cobertizo, impulsado por mi instinto de supervivencia. Mi corazón va a explotar de lo rápido que late. ¿Qué acaba de pasar?

La huida no duró mucho, pues, cuando estaba a unos metros del cobertizo, choqué con algo, o mejor dicho, con alguien.

—¡Abuelo! —por culpa de la adrenalina no me percato de que estoy vociferando mis frases—. ¡Está viva! ¡La motocicleta está viva!

—¿Motocicleta? —interroga él con el ceño fruncido. Aparta los ojos de mí y los orienta a la estructura de madera. Ya no hay ruido ni luces escandalosas, lo cual me termina de confundir—. ¿Entraste al cobertizo? ¿Usaste mis llaves?

—Abuelo, la motocicleta...

—Tienes prohibido estar aquí —él frena mi discurso con su reprimenda.

—Pero...

—Pero nada —sentencia.

Un fuerte sentimiento crece desde lo más profundo de mi alma. Un sentimiento incontrolable y bastante conocido. Es la furia. Una furia que he estado acumulando durante todos estos años. Lo intenté, hice lo posible por contenerla, no obstante, justo ahora me he vuelto esclavo de la emoción. No domino los pensamientos ni las acciones.

—¡Estoy harto! —exclamo hacia el abuelo, sorprendiéndolo con mi gesto—. ¡Siempre estoy trabajando, jamás puedo divertirme! ¡Y tú nunca estás satisfecho con mi desempeño! ¡Estoy cansado de las gallinas, de los cerdos, del maíz, de Felipe! ¡Estoy cansado de ti! ¡Ya no quiero vivir en esta estúpida granja!

En el rostro del hombre se dibuja una insólita expresión. Su cara luce aterradora y amenazante, no quiero seguir viéndola. El abuelo toma aire, se acerca a mi lugar, y con el grito más desgarrador que he escuchado impone su nueva orden:

—¡A tu habitación!

Azoto la puerta a mis espaldas. Me subo a la cama y utilizo las cobijas para ocultar mi presencia del resto del mundo. Algunas lágrimas se deslizan por mis mejillas. Luego de una hora me quedo completamente dormido. A la mañana siguiente abro los ojos más temprano de lo habitual y me dispongo a cumplir con las labores del día. Actúo con naturalidad enfrente del anciano, pero lo que él no sabe es que yo ya he tomado una decisión. Voy a irme de la granja.

Los ronquidos del abuelo se manifiestan a media noche, esa es mi oportunidad. Empaco dinero, comida y ropa en una mochila, además llevo un abrigo de lana para protegerme del frío. Abro la puerta principal tratando de no generar ningún sonido, la cierro con

la misma cautela y emprendo marcha. No sé a dónde iré, pero sé en dónde no me quiero quedar. A lo lejos diviso el misterioso cobertizo. De repente, los recuerdos de ayer inundan mi cerebro. ¿Lo que ocurrió fue producto de mi imaginación? ¿Estaré loco?

Las incógnitas me desvían de mi camino. El candado sigue ahí, pero las llaves no. Rodeo el cobertizo buscando cualquier cosa que sea de utilidad y, de hecho, lo consigo. Encuentro una pala oxidada. Sujeto firmemente el objeto para después abalanzarlo contra las viejas cadenas de metal. Lo hago una vez, dos veces, tres veces, cuatro veces, y al quinto intento las cadenas se rompen. Ingreso al lugar.

Toco la motocicleta y de inmediato retiro la mano. No sucede nada. Toco la motocicleta nuevamente, pero sigue sin ocurrir nada. Contemplo el vehículo para convencerme de que todo fue una alucinación. O sea, ¿cómo puede funcionar una motocicleta que lleva años abandonada? Detallo el vehículo a fondo. Es una bella motocicleta, muy bella. No solo es bella, es majestuosa. Sin pensarlo, y guiado por el deseo, pego un salto para subirme en ella. Es cómoda, no lo voy a negar. El asiento es suave y compacto, muy ergonómico. Extiendo ambos brazos para posarlos en el manillar. Grave error. Los acontecimientos del día anterior se repiten al pie de la letra. Las luces se encienden, el motor tiembla y el claxon se activa. Soy presa del pánico. Antes de poder bajarme, la motocicleta avanza hacia adelante.

Salgo disparado del cobertizo gritando a todo pulmón.

—¡Detente! ¡Por favor, detente! —le hablo a la motocicleta en un esfuerzo por persuadirla. Es en vano.

Mis párpados, que se hallaban cerrados a causa del miedo, se levantan de manera paulatina al asimilar el hecho de que sigo intacto. ¿Cómo no me he caído si ni siquiera sé manejar? Cierto, no soy yo quien está manejando la motocicleta, ¡es la motocicleta la que se maneja sola! ¡Qué locura! El pánico es reemplazado por la exaltación. El aire que golpea mi piel deja de ser un tormento para convertirse en un verdadero placer. Comienzo a soltar carcajadas, no sé por qué, simplemente lo hago. Río como si fuera víctima de la euforia. La luna, las nubes y las estrellas son mis acompañantes en este mágico viaje. De repente la motocicleta enciende y apaga las luces al azar, lo que me parece incluso más divertido. ¡En verdad es una locura!

¿Así se siente estar vivo? No lo sé, pero me gusta.

El vehículo continúa su recorrido al tiempo en que yo me dedico a apreciar el hermoso paisaje nocturno. Creo que me acostumbré tanto a la granja que olvidé lo maravilloso que es estar aquí. Las montañas en el horizonte, el firmamento escarchado, la pureza del aire, el brillante césped y las coloridas flores. También hay un montón de luciérnagas que iluminan el área.

La motocicleta se detiene en una localización remota. Es una colina, supongo yo. Me bajo del asiento para desplazarme hacia el punto más alto. Estando ya en la cima logro comprender que no es una colina. Es un precipicio. Un enorme precipicio disfrazado de una inofensiva colina verde. Si inclino la cabeza solo veré piedras y rocas ubicadas en el fondo; por el contrario, si dirijo la mirada al norte podré ser testigo de una obra de arte natural. Las montañas, las nubes, la luna, las estrellas, las flores, el césped y la granja se unen para crear una única imagen. Una imagen perfecta.

—Qué buena vista, ¿cierto?

Me asusto al oír dicho comentario, por lo que giro mi cabeza para averiguar de dónde provino. A un lado, no muy lejos de mí, hay un hombre que me observa con una sonrisa.

—Sí, es increíble —le respondo.

—Tu tonalidad no es compatible con tu mensaje —se atreve a decir—. ¿Te pasa algo? Luces un poco afligido.

A pesar de ser un desconocido, me siento extrañamente cómodo hablando con él. Hay algo familiar en su modo de comportarse. Antes de contestar su pregunta, jugueteo con los dedos de mis manos para apaciguar los nervios.

—Fui grosero con el abuelo —admito por fin—. Dije cosas que no eran verdad, o bueno, cosas que no eran totalmente verdad. Estoy agradecido con mi estilo de vida, en serio lo estoy, pero a veces no puedo evitar pensar que estoy desperdiciando algo —suelto un largo suspiro—. No necesito encontrarle un significado a mi existencia, solo necesito disfrutar de ella. Sentir que la estoy aprovechando.

—¿Qué es lo que deseas hacer?

—Quiero divertirme. Quiero salir de aventuras, descubrir nuevos mundos y adquirir mil experiencias.

—¿Diversión, deseas diversión? ¿Ese es tu plan de aquí en adelante?

Su interrogante me toma desprevenido, así que guardo silencio. El hombre reanuda su discurso a falta de una resolución:

—No me malinterpretes. La diversión es algo bueno, mas no lo es todo. Eres joven y estoy seguro de que buscas vivir al límite, sentir en profundidad. Aun así, debes aprender a encontrar un equilibrio. La diversión y la responsabilidad van de la mano.

—Soy responsable —agrego a la defensiva.

—Y no estoy diciendo que no lo seas, de hecho, sé que lo eres y quiero que lo sigas siendo. No te imaginas lo fácil que es perderse en el camino. Un día estás experimentando la mayor de las euforias y al otro estás viviendo el mayor de los arrepentimientos. No olvides quién eres, o de dónde provienes, pues serán tus valores los que te guiarán correctamente por el sendero de lo desconocido.

—Entonces, ¿está bien que yo desee divertirme?

—¡Por supuesto, vive y siéntete vivo! Pero tampoco olvides tus límites. Para que haya diversión debe haber aburrimiento. Para que haya felicidad debe haber dolor. La vida te mostrará su lado más amable, y luego, sin previo aviso, te enseñará la peor de sus facetas. Es compleja, la vida es compleja. Pero sé que lo vas a lograr.

Mi corazón late con vigor. No son latidos de tristeza, de pánico o de frustración; son latidos de esperanza. Las palabras de aquel hombre me han liberado de alguna forma.

—Gracias —digo con honestidad.

—Es mejor que regreses a tu casa —señala la motocicleta usando un ligero movimiento de cabeza—. El viejo es testarudo, pero no es malvado. Si hablas con él podrán llegar a un acuerdo.

El hombre acorta la distancia entre los dos para depositar su mano sobre mi hombro.

—Estoy orgulloso de ti —menciona antes de despedirse.

El vehículo se estaciona en el interior del cobertizo, el principio y el final de mi aventura. La luz del sol se empieza a filtrar en la atmósfera. A lo lejos escucho al abuelo vociferar mi nombre, en consecuencia, yo salgo del cobertizo para reencontrarme con él.

—¡Aquí estoy! —informo al avistarlo.

El anciano corre en mi dirección. Ambos corremos hacia la ubicación del otro. En algún momento juré que íbamos a colisionar como dos planetas en desórbita. No fue así. El abuelo me rodeó con sus brazos en un acto de total desesperación. Sí, un abrazo. Hace mucho que el abuelo y yo no nos abrazamos.

—¿Te...? —él trata de recobrar el aliento—. ¿Te ibas a ir?

Muevo la cabeza de arriba abajo mientras sigo entre sus brazos.

—¿No te gusta estar en la granja? ¿Es por mí? —se muestra preocupado—. ¿Te he fallado como tu cuidador?

—No, te equivocas —detengo el abrazo y me alejo un poco—. Abuelo, la granja se ha convertido en un hogar, en nuestro hogar, pero debes entender que yo necesito ir más allá. Necesito explorar... descubrir... y aprender. No he de estar encerrado aquí mi vida entera.

—El mundo es peligroso —su voz se oye entrecortada—. Nada bueno te espera fuera.

—Eso no lo puedes decidir tú.

—Pero no... —los ojos del hombre se humedecen—. Pero no quiero perderte. No quiero que repitas el destino de tu padre.

—¿De papá? —una idea fugaz esclarece mi noción—. La motocicleta. Era de él, ¿cierto?

El abuelo asiente en tanto limpia una lágrima de su mejilla.

—Tu padre era joven, y yo muy exigente. Una noche tuvimos una fuerte discusión. En medio de la cólera se subió a su motocicleta y aceleró, dejándome solo. No supe de él en varios días. Llamé a la policía y... lo encontraron, pero... —otra lágrima se escurre por su rostro—. Pero ya era muy tarde. Lo único que quedó de él fue esa motocicleta.

El anciano, incapaz de retener su llanto, se tapa la cara con las manos. Espero unos minutos a que se calme, y cuando noto que su respiración es más lenta, me armo de valor para decirle:

—¡No pasará conmigo!

El abuelo aparta las manos para verme. Su expresión es de confusión.

—No pasará conmigo —reitero en voz baja—. Sé que soy joven e inexperto. Ignoro muchas cosas, pero... ¿no es ese el punto? La vida siempre estará llena de peligros, sin embargo, nosotros podemos hacer algo al respecto. Afrontarlos. Si dejamos que el miedo nuble nuestra visión, jamás saldremos adelante. Jamás podremos disfrutar de todas las facetas de la vida. Y yo, abuelo, yo quiero vivir cada momento. No tengo el poder de controlar el mundo que me espera afuera, pero sí tengo el poder de controlar mis acciones. Y yo te prometo que seré prudente, responsable y cuidadoso. No olvidaré las enseñanzas que me has dado. No repetiré el error de papá.

En lugar de hablar, el abuelo vuelve a extender sus brazos hacia mí. Es la respuesta más sincera que he recibido de su parte. Y ahí nos quedamos los dos, abrazándonos, perdonándonos, en el centro de una antigua granja, nuestro irremplazable hogar.

Abuela y la moto

—Ricardo Pérez García, Asturias —

Había una anciana frotando con delicadeza. Lo hacía con sumo cuidado, como si tu-viese miedo a un quejido. Tras ella, varias vacas rumiaban los minutos mirándola sin atención. El paño quitaba los restos de tierra, grasa y piedrecitas acumulados en las juntas. Lo enjuagaba en un barreño de madera que tanto servía para limpiar como para sentarse a catar una vez dada la vuelta. El agua se mostraba oscura con una capa oleosa en su superficie. En el fondo se había precipitado arenilla formando arabescos sin sentido y el aroma a aceite era tan acusado como el del cucho; se fusionaban en un perfume ecléctico que tenía algo de atrayente.

Siempre lo hacía en la cuadra. Desde que era niña metía con cuidado la motocicleta y la limpiaba con esmero. No recuerda quién había decidido aquel sitio para el aseo, pero jamás lo cuestionó. Todos los días, tras dejar listo al ganado, se ocupaba de aquella tarea tan necesaria como la razón misma del emporcamiento.

El nieto se asomaba de vez en cuando a ofrecerle una sonrisa, más por pura cordialidad que por ver el resultado de la limpiadura. Cada vez que pasaba frente a la puerta camino del pajar o de regreso a casa, se afanaba en rebuscar el brillo en cada una de las esquinas de la motocicleta y asentía maravillado ante la efectiva paciencia de su abuela.

Un atardecer cualquiera le preguntó la razón de tal afán:

—Abuela, ¿por qué la limpia todos los días si mañana por la mañana voy a volver a emporcarla?

Lo miró con tanto cansancio como gratitud. Pensó en la cantidad de veces que ella misma había imaginado tal pregunta, un mínimo interés por parte de su nieto que evidenciase el valor de su ocupación vespertina. Le sonrió mientras él esperaba apoyado en el marco de la puerta. Las vacas, a su vez, lo miraban con curiosidad, preguntándose la razón de la visita, habituadas como estaban a recibir únicamente la presencia de la vieja a esas horas de la tarde. La anciana se alzó de hombros, sonrió y de nuevo aclaró el paño sucio en el balde de madera. Lo escurrió con parsimonia, con el gesto característico de esta abuela en concreto: retorció las manos en sentido contrario al habitual, tal y como hacían las mujeres en su familia.

—No voy a dejarla así —respondió sin levantar la vista de la carrocería—. ¿No te parece?

Él la miró y asintió encogiéndose de hombros. La mujer, una vez agachada para enfrentarse a la tarea, parecía más menuda de lo que en realidad era. Por el contrario, su nieto, con la fortaleza que da el trabajo diario en el campo, casi rozaba el dintel de la puerta con la cabeza: si se ponía de puntillas lograba alcanzarlo, aunque tuviese que mostrar toda su envergadura para no perder el equilibrio. Si bien podían suponer-sele unos bien llevados treinta años, aún no había cumplido los dieciocho: el vigor otorgado por el aire limpio y una genética admirable conformaron su buena planta. A su lado, la abuela parecía un muñeco, el juguete cualquiera de un niño. De hecho, cuando él vestía los pantalones holgados de lidiar a las vacas, bien podría llevarla en el bolsillo.

—Si no la limpio hoy —prosiguió la abuela— mañana traería más mierda todavía. ¿Y así hasta cuándo? ¿Hasta que la cadena ya no se mueva? ¿Hasta que se quede, como yo, oxidada y hecha un Cristo?

La abuela se santiguó, besó sus dedos y los levantó al cielo para conjurar el reniego. Su nieto la miraba divertido, ufano por lo religiosa que era. Si bien blasfemaba continuamente, en ningún momento dejaba de hacer el gesto expiatorio.

—Hace tiempo me contaste que primero se la limpiabas al abuelo, luego a padre y ahora a mí.

La abuela asintió. Se esmeraba en aclarar unas gotas terrosas que habían quedado en el guardabarros trasero.

—¿Te imaginas que no lo hubiera hecho? —respondió—. Ya no quedaría ni el recuerdo.

Fue su nieto quien asintió entonces con la cabeza en repetidas ocasiones, imaginando la cantidad de veces que, todas las mañanas, aquella Rieju había llevado cebollas, calabacines, repollos o coliflores a la tiendecita del pueblo en la caja de madera sujeta al propio asiento con cuerda de empacar. De hecho, las marcas en la funda ya formaban parte de la propia motocicleta, tanto como las pegatinas descoloridas de los flancos o el cortavientos que, en su día, había sido rematado con bramante sin color.

Otra tarde cualquiera, quizás motivado por la promesa de la noche en calma, el nieto prosiguió satisfaciendo su curiosidad:

—¿Ha montado alguna vez?

La abuela lo miró con desconcierto. Estaba segura de que le había contado multitud de veces los paseos compartidos cuando aún era un niño y levantaba los brazos, sentado frente a ella, mientras lo sujetaba con cuidado con la mano izquierda para protegerlo de los acelerones.

Recordaba los grititos cada vez que saltaban un bache mínimo o adelantaban a alguna recua de vaqueiros camino de Castilla. El niño los saludaba nervioso mientras el aire lo despeinaba y los adelantados correspondían al júbilo. Por alguna razón, decidió callarse la respuesta obvia.

—Qué cosas tienes. Bastante tengo con limpiarla...

—Cualquier día la llevo a dar una vuelta, abuela —respondió el nieto con sinceridad. Si bien sabía de los impedimentos de la edad, en su oferta no había atisbo alguno de mofa.

—Déjate de tonterías, granuja. Mira lo que tienes ahí para mañana. —La abuela señaló el exterior de la cuadra. En un cesto de paja había cebollas, calabacines y varios manojos de ajo puerro—. Pasea a esos, que bastante tienes...

El nieto asintió lentamente mientras miraba el monto de verdura. Era él quien se encargaba del reparto desde la trombosis de su padre. Si bien no le afectó como al vecino, el médico le prohibió volver a montar en moto hasta ver su evolución. Y de eso ya hacía dos años. Parece ser que el padre decidió la hora de tomarse las cosas con calma y dejar al hijo como heredero de la tarea. Lo que cualquiera podría preguntarse era la razón por la que nunca se cuestionó la sucesión en la ocupación de la abuela.

Pensó la primera vez que había cogido la moto tras el susto del padre. Estaba acostumbrado a montar cerca de la casa con sus amigos, pero nunca lo hizo con aquella responsabilidad en la parte trasera. Condujo despacio, evitando baches y charcos para llegar al pueblo y ofrecer la verdura a la tía, que se ocupaba de venderla en la tiende-cita del centro. Fue la única vez que la moto regresó a casa casi tan limpia como había salido. Desde aquella ocasión, tras comprobar que no le iba a pasar nada a la verdura, hacía y deshacía el camino diario con la despreocupación propia de la adolescencia. Regresaba con el polvo, el barro y las piedrecitas con las que su abuela se entretenía a última hora de la tarde. Curiosamente, se preguntó si alguna vez había transportado tanta cantidad de verdura como la que le esperaba en el exterior de la cuadra para el día siguiente. Se encogió de hombros, le dedicó una sonrisa a la abuela y se fue para continuar con alguna de sus tareas nocturnas.

Al día siguiente el nieto se levantó antes de la hora acostumbrada. Nada tenía que ver con el nerviosismo por la doble caja que debía llevarle a su tía, sino por la posibilidad de pasear a su abuela en la moto. Alguna vez lo había pensado, pero nunca con la intención del día anterior.

Tras desayunar un generoso trozo de pan con queso y un café negro recién colado, se puso la cazadora para dirigirse a la cuadra donde dormía la moto. Su padre aún roncaba en el hueco de al lado. Por la ventana querían adivinarse las primeras luces del alba en un horizonte demasiado lejano como para siquiera considerarlo a esas horas tempranas. Pero a él le gustaba mirar el contorno de la montaña levantada fren-te a ellos. En los días fríos se mostraba nítida, con una bruma espesa cubriendo su límite inferior. Bebía el café de pie, mirando al perro adormilado en la caseta de la antojana, e intentando descubrir algún gorrión madrugador sobre el pajar situado a su derecha. Aquella tranquilidad dentro de la propia tranquilidad del pueblo lo relajaba antes de comenzar la jornada. Como siempre, salió de casa, escuchó ese silencio absorbente tan solo roto por algún ruido lejano antes de entrar en la cuadra, rastrillar las boñigas nocturnas para apilarlas en la carretilla y dirigir la Rieju en punto muerto hasta el exterior. Una vez allí, la arrancó con decisión: de nuevo, se despedía así del silencio de la mañana. Cargó la verdura dispuesta y ató las cajas con la maña que da la experiencia. Abrió la portilla, comprobó que el perro aún dormía y salió de la parcela. Enfocó el camino hacia el pueblo todavía de oscurecida, notando el peso de las dos cajas en la parte trasera de la moto. Cuando iba demasiado cargado, procuraba ser más prudente a la hora de tomar los baches o derrapar en la curva última antes de la carretera general. Nunca había tenido un accidente durante el reparto, pero sí algún susto cuando las heladas o cuando los borrachos regresaban a sus casas haciendo eses por el camino. Durante aquel primer tramo de tierra —antes de tomar la carretera principal medianamente asfaltada— se dejaba llevar por la pendiente, esquivando de memoria los baches ya conocidos. La luz de la motocicleta emitía una luz tímida, que apenas alumbraba lo necesario para ver un par de metros más allá de su posición. Sin embargo, su conocimiento de los socavones le bastaba para llegar a la general sin contratiempos.

Era en ese primer tramo donde la moto se ensuciaba. El polvo, los charcos y las piedras sueltas se encargaban de cubrir la motocicleta con la capa de suciedad con la que el nieto se la ofrecía a la abuela. Una vez en la carretera general tan solo se topaba con algún charco aislado o con algún resto caído de los tractores. Reconocía que, en los días secos, procuraba pisar esas caspicias para añadir un poco más de mugre a la carrocería: creía que, así, su abuela se sentiría más útil durante la limpieza. A fin de cuentas —pensaba con su mentalidad adolescente—, si le entregaba una moto limpia, quizás no se sentiría realizada. Le gustaba saber que su abuela aún se pensaba necesaria con tareas sencillas como aquella. Al imaginarlo, no podía reprimir la agüilla que le cubría los ojos, casi una lágrima, ante la manifiesta disposición con la que, aquella que lo había criado, procedería a limpiarla durante la anochecida. A su madre se la había llevado la eclampsia tras su nacimiento. La poca consideración de su progenitor al explicarle lo sucedido una vez cumplió una edad prudente hizo que la culpa se cerniese sobre él. De esa manera, volcó sobre su abuela los cuidados que no había podido dar a su madre. La conexión encontrada en ella era tan intensa que, en muchas ocasiones, se descubría emocionándose ante detalles absurdos: de una forma u otra, la mayor parte de las veces, esos detalles tenían en común aquella Rieju.

Al llegar al pueblo, su tía siempre lo esperaba en la entrada de la tiendecita —en realidad, era una sala acondicionada en la planta baja de su propia casa—, sujetando

con ambas manos una taza de café humeante y dando pequeños saltitos con los que cambiaba el peso de su cuerpo continuamente para combatir el relente.

—Hoy traes más de lo normal —dijo la mujer con los dientes apretados por el frío.

—Ya ves. Ayer se dio bien la cosa.

Mientras el nieto desanudaba la cuerda, su tía se acercó para curiosear la mercan-cía. Él asió ambas cajas y entraron. Le gustaba el aroma de aquella tiendecita: el de la verdura se mezclaba con el de la rafia donde las legumbres y con el del vinagrillo que aún fumaban los viejos del pueblo. Dejó la mercancía sobre el mostrador y la ayudó a colocarla en los expositores de madera del único ventanal que aportaba luz al interior.

—Dale esto a tu padre —dijo su tía ofreciéndole un sobre con unas monedas—. O no.

Ambos sonrieron. Desde que había muerto su abuela, era él quien gestionaba el poco dinero que entraba en la casa.

Su tía le tendió una taza de café. Tras dejar la mercancía dispuesta y las cajas de nuevo anudadas y vacías sobre la moto, ambos se sentaron en el interior por el simple hecho de acompañarse.

—Cada vez lo haces más fuerte, tía. —Los dos sabían que no era así, que el café escaseaba y la mayor parte de las veces era la achicoria la que le confería el color negro—. Hay días que no hay quien lo beba.

—Si no, no espabilas. Bébetelo y calla, anda.

Tras repetir la misma conversación diaria, regresaba a su casa. Desandaba la carre-tera general y se precipitaba en el caminito sin asfaltar. En él, ya con algo de luz, procuraba empolvar de nuevo la carrocería y salpicar los bajos con los charquitos que no había visto durante el descenso. Era él quien se encargaría de limpiarla a la anochecida, pero le gustaba pensar que, de alguna manera, su abuela mantenía la tradición de quejarse por lo sucia que estaba y limpiarla después con la paciencia propia de las generaciones anteriores. Convirtió así los viajes en una suerte de homenaje. Al entrar en su parcela, dejaba la moto en el exterior, bajo algo parecido a un voladizo del pajar y comenzaba a trabajar con el ganado.

Por la noche, al acabar las tareas, cuando llegaba la hora de la limpieza, metía la moto en la cuadra y dejaba asomar una sonrisa mientras rememoraba a su abuela agachada y dispuesta. En el mismo balde que ella utilizaba, enjuagaba el trapo en el agua jabonosa y comenzaba a limpiar la moto con el mismo mimo con el que ella lo hacía. La recordaba paseándolo cuando niño —con poca prudencia, pero sin peligro real—, o cuando montó por vez primera solo en la moto y ella lo miraba desde las escaleritas del hórreo con las manos en posición de rezo para que no se cayese. Y, por supuesto, la recordaba todos los días durante la limpieza, con aquel cuerpecito mínimo tan efectivo. La intentaba emular en los movimientos, pero se descubría sin la paciencia necesaria. Aun así, no por ello dejaba la moto a medio limpiar. Jamás se lo perdonaría.

—Hoy sí que la traigo hecha un Cristo, abuela —susurró el nieto y, divertido, se persignó, besó sus dedos y, sonriendo, los levantó al cielo.

Cuando la moto relucía y el ambiente se impregnaba del olor a jabón Chimbo por encima del picante del cucho, siempre llegaba su padre con las verduras del día siguiente. Se acercaba arrastrando ligeramente la pierna izquierda y dejaba la caja en el suelo:

—Ayúdame con la cena, rediós, que estás todo el puto día con la moto.

Epílogo 9

Después de miles de kilómetros de lectura, con los riñones doloridos y la pituitaria repleta de olor a gasolina, despeinado y con la cara curtida por el viento —que sobre el papel no hace falta casco—, me propongo serenar tanta vorágine y hablar de unas viejas, dignas y orgullosas motos de saldo que no rugían ni corrían porque estaban arrimadas a una pared o apoyadas sobre su pata de cabra, reclamando reparación o cuidados y a la espera de algún comprador que las percibiera, no como lo que eran, sino como lo que, en un tiempo más o menos lejano, habían sido.

El paisaje de mi infancia en el barrio periférico —ahora lo llamarían periurbano— donde crecí, empezaba en el corredor de mi casa, desde el que a lo lejos se divisaba el mar y las montañas, y en los alrededores, vacas pastando en bucólicos prados, conformando una arcadia rural que convivía con las numerosas fábricas que regían el ritmo de vida de sus habitantes, de los que una parte se desplazaba a la ciudad a diario para estudiar o trabajar en el sector servicios. Las cuatro líneas de ferrocarril que se vislumbraban desde el desvencijado corredor completaban la infrecuente mezcla de mundo rural, industrial y urbano que caracterizaba a la parroquia.

Ya en lo más cercano, bullía debajo del corredor el microcosmos de un patio donde también concurrían los tradicionales tres sectores de actividad económica con una naturalidad que sería completamente imposible en el especializado mundo de hoy. En aquel patio confluían la vivienda de la planta baja y dos naves de ladrillo. La principal, destinada al taller de carros donde trabajaba el padre de familia, estaba presidida por la fragua en la que el yunque y el martillo marcaban el compás de las jornadas, dando forma al metálico círculo que abrazaba las ruedas de madera o a alguna de las pequeñas piezas del eje, del freno o de los extremos del sufrido tentemozo. Desde el corredor, los ojos ingenuos de mis pocos años se maravillaban observando cómo el hierro candente se adaptaba a las formas que la poderosa maza y las manos hábiles del herrero daban al metal, fija la mirada en un rojo vivo que permitía milagrosamente —a esa edad la magia puede más que la ciencia— convertir el duro metal en una masa moldeable y tierna. En la nave contigua tenía su taller un carpintero, colaborador indispensable del herrero en las reparaciones que tuvieran que ver con su oficio, que no eran pocas dado que la mayor parte de las piezas de los carros era de madera.

La autoridad del momento, fina observadora, descubrió que los aros metálicos de las ruedas estropeaban las siempre mal asfaltadas carreteras, y exigió que fueran recubiertos de goma, lo que dio un impulso al negocio del herrero, pues obligaba a todos los poseedores de carros a colocar viejos neumáticos de camión, recauchutados y recortados, para cumplir con una ley que, como la mejoría del moribundo horas antes de despedirse, acrecentaba el negocio del taller al tiempo que anunciaba su desaparición. La efímera mejoría dejó paso a la previsible decadencia y obligó al viejo forjador a intentar sortear aquella bofetada de modernidad construyendo y reparando remolques de tractores, pero el declive continuó inexorable hasta que sus hijos recondujeron la situación y el taller dejó de ser de carros para pasar a ser de motos, después de un periodo de transición en el que todo tipo de artefactos convivieron en el patio y en las naves.

En tan exiguo recinto se aglutinaban sin ningún orden todo tipo de vehículos de dos ruedas con motor, desde ciclomotores como el peculiar *Velosolex*, una bici gorda con el motor encima de la rueda delantera, utilizado sobre todo por las mujeres para ir a trabajar —el trabajo femenino en aquel mi barrio ya existía décadas antes de que algunos lo descubrieran—, hasta su rival *Mobylette*, sustituidos ambos por el inexcusable *Vespino*. Abundaban por su parte las rojas, ligeras y bamboleantes *Guzzi 65*, con su particular suspensión y su placa de matrícula clavada en vertical sobre el guardabarros delantero; usadas sobre todo para ir a la fábrica, fueron también el vehículo ideal para los desplazamientos en el mundo rural, hasta el punto de que Correos dotó a los carteros de ese medio con estas humildes motos. Completaban aquel espacio dispar potentes *Montesa*, deportivas *Bultaco*, frágiles y ligeras *Ducati*, y algún ejemplar de inestables y peligrosas *Vespa* y *Lambretta*. Era frecuente ver subidas en estos escúteres a mujeres sentadas de lado con los pies en el estribo izquierdo y el brazo derecho aferrado, como el salvavidas que era, a la cintura del piloto, que montar en moto a horcajadas vistiendo faldas de tubo no entra en el catálogo de los posibles. Pone los pelos de punta la naturalidad con la que se asumía la posición sobre la moto de aquellas mujeres, sobre todo en las curvas a la derecha, sin más protección que un pañuelo en la cabeza, lo que demuestra claramente que despeinarse era más importante que desnucarse.

Por aquel patio desfilaban obreros, agricultores, comerciantes, empleados, mujeres emancipadas, que también había, y, si se miraba con atención, desde mi privilegiado observatorio se aprendía física, mecánica, comercio, psicología, sociología —jugando a acertar qué clase de moto compraría cada cliente— y hasta de la cría del cerdo y del conejo, que también tenían lugar en aquel variopinto y abigarrado espacio.

Aparcado al lado de las motos, se podía ver el carrito en el que la mujer de la casa iba a buscar comida para sus cochinos, de los que había siempre cuatro o cinco ejemplares en las cuadras adosadas a uno de los muros del recinto, construidas con la madera sobrante de la carpintería y reparadas a menudo, dada la conocida voracidad de los *gochos*, que los empujaba a morder las tablas hasta poner en peligro la integridad de la pocilga. Ningún vecino se quejaba por los olores ni los ruidos, ni se sorprendía por la paciencia y el tesón de la cuidadora para remolcar su carrito hasta donde hiciera falta en busca de comida para sus gorrinos, a los que dominaba con una energía que desbordaba con mucho el continente de su menudo cuerpo.

Ni que decir tiene que en aquel patio tenía lugar la ceremonia del *samartino*, de la que mi corredor era tribuna de preferencia y yo espectador casi único, y que mi familia recibía sin falta *la prueba*, una tradición impensable en este mundo de egoísmos y prisas, en el que hasta los quereres son de plástico. Sin lejanos viajes, con pocos juguetes y un enorme horizonte que abarcaba del Cantábrico a la Sierra del Aramo, aquel patio configuraba un ecosistema por el que desfilaba la vida entera, proporcionando al niño que yo era un aprendizaje más sólido y auténtico que el de la virtualidad apresurada y omnipresente de las pantallas de hoy.

Aurelio Peláez

Epílogo II 'Una solución divina'

—Tenemos que encontrar un tema para el próximo Certamen Literario de Se Ha Escrito Un Libro—dejó caer Emma a su compañera de mesa mientras revolvía su café—. Esto se está volviendo más difícil que descubrir quién es el asesino en una novela de Agatha Christie.

—Por más vueltas que le doy a la cabeza no consigo encontrar un tema que nos dé juego con el mundo rural— contestó Sandra pensativa, sin darse cuenta que su cucharilla llevaba el mismo ritmo que la de Emma.

Ambas estaban sentadas en una mesa de terraza a la puerta de la casa de una de ellas, viendo pasar el ganado por la carretera camino a sus prados mientras sopesaban opciones. Iba a ser su tercer certamen y se les estaba haciendo cuesta arriba la decisión.

A lo lejos, el retumbar de un motor distinto a los habituales tractores y utilitarios de los vecinos rompió la calma del pueblo. Por entre unas casas, apareció una Harley Davidson de esas que su conductor parece ir colgado del manillar. La moto metalizada tenía un brillo cegador casi digno de los dioses.

El piloto, con deliberada calma, recorrió la carretera que cruza el pueblo de Arcallana observando el paisaje y la arquitectura de las antiguas casas de piedra hasta casi quedarse parado ante un hórreo. Le dedicó varias fotos y continúo muy despacio.

Su vestimenta de cuero, cual protagonista de película de motoristas de los años setenta, desentonaba con la ropa de trabajo de la gente con la que se cruzaba, que le echaba un rápido vistazo para continuar con sus quehaceres. Las novedades en los pueblos acaparan poco tiempo la atención porque siempre hay trabajo que hacer.

Se acercó a las dos mujeres y posó su bota, de la que asomaban unas pequeñas alas, para evitar que la enorme moto cayera. Se guardó las gafas de sol y tras quitarse el casco, apartó un mechón rebelde del flequillo que parecía ir por libre.

Emma y Sandra jurarían que había parado expresamente allí por alguna razón.

—Buenos días—saludó cortés—. Me llamo Hermes y estoy buscando la escuela de Arcallana para hacer unas fotos ¿Podrían indicarme?

Ambas señalaron con el dedo a un edificio en lo alto de una pequeña colina a la que se llegaba siguiendo la carretera. Con un leve movimiento de cabeza en forma de agradecimiento y justo antes de irse, su voz resonó en sus cabezas de manera misteriosa: «*Sólo he pasado a dejaros la solución a vuestro dilema*».

Arrancó, y la Harley volvió a sobreponer su motor al canto de las aves e incluso el mugir de las vacas. Se perdió en la siguiente curva, dejando que las dos mujeres se mirasen la una a la otra con una sonrisa de complicidad. Al unísono, la respuesta a la pregunta que llevaba días reconcomiéndoles restalló en el aire.

—¡Las motos en el mundo rural!

Javier F. Parrondo

Gracias por la lectura de este libro

Muchas gracias al lector que tenga la amabilidad de sumergirse y dejarse acompañar por este libro.

¡Te esperamos!

Se ha escrito un libro